소통과 힐링의
시창작교실

초보 중에 왕초보를 위한

소통과 힐링의
시창작교실

이인환 지음

출판
이안

책을 펼치며

날마다 광장에 선다

뻔히 아는 이씨도
매일 만나는
김씨도

때로는 부러워 너무
부러워 주눅 들게 하는
사람도

아파 너무 아파
먹먹하게 하는
사람도

씨익 한번 돌아보면
하늘도 미소 짓는
광장에

나는 오늘도 선다

막히지 아니하고 잘 통하기 위해

소통과 힐링이란?

닫힌 몸과 마음을 열어 가는 것

행복한 시를 쓰니까 더 행복한 일이 생기더라

이별 후

시간 시간이 눈물인데
언제 시 쓸 시간이 있냐고?

그게 시인데
어디서
시를 찾나?

아들을 잃은 여인이 부처님을 찾아가서 울며불며 아들을 살려 달라고 애원을 했다.

"부처님이시여, 지금 제가 아들을 잃은 슬픔 때문에 너무 괴롭습니다. 부처님, 제발 제게 아들을 살려 주시어 이 괴로움으로부터 벗어나게 해주세요!"

"여인이여, 만약에 당신이 집집마다 돌아다니며 지금까지 죽은 사람이 하나도 없는 집에서 불씨를 구해온다면 내가 그 소원을 들어주겠소."

부처님의 말씀을 듣고 아들을 살릴 방법이 있다는 희망을 가진 여인은 집집마다 돌아다니며 죽은 사람이 하나도 없는 집을 찾아 불씨를 구하려고 백방으로 노력을 했다. 하지만 어디에서도 죽은 사람이 없는 집을 찾을 수가 없었다.

"부처님, 어느 집도 죽은 사람이 없는 집을 찾지 못해서 불씨를 구할 수가 없었습니다. 이제 제가 어떻게 해야 합니까?"

"여인이여, 세상에는 누구도 사랑하는 사람이 죽음으로써 이별하지 않은 사람은 없습니다. 남들도 다 그렇게 살아가거늘 어찌하여 혼자서만 그런 것처럼 괴로움을 끌어안고 살아야 한단 말입니까?"

그 순간 여인은 자신이 아들에게 집착하는 것이 얼마나 어리석은 일인지 깨닫고 괴로움에서 벗어날 수 있었다고 한다.

나 역시 아내를 잃고 세상을 다 잃은 것 같은 절망에 빠진 적이 있었다. 사람을 만나는 게 두렵고, 모든 고통이 나만 짓누르는 것 같아 세상이 정말 무서웠다. 그러다 보니 골방으로 숨어 들 수밖에 없었다. 그때 선배의 도움으로 어린이용 세계명작 전집을 발간하는 작업에 동참하면서 참 많은 책을 접했고, 그 속에서 세상에는 그 누구도 사랑하는 사람을 잃지 않은 이가 없고, 그로 인해 괴로움 없이 살아가는 이가 없다는 것을 확인하면서 골방에 파묻혀 있는 것이 얼마나 어리석은 일인지 깨닫기 시작했다.

그 후 상처를 치유하기 위해 '심리상담사' 자격과정을 수강했다. 글쓰기 치유를 접했고, '시창작교실'을 통해 '심리치료'와 '글쓰기 치유'를 접목해 나갔다. 그렇게 고통스러웠던 수많은 불면의 밤들을 이겨냈고, 그렇게 쓴 시를 통해 홀로 된 아들을 안쓰럽게 바라보는 어머니와 소통했고, 강의현장에서 각계각층의 수강생들과 '소통과 힐링'의 시간을 가질 수 있었다.

"제 이야기도 시가 되는 걸 보니 재미있고 신기하네요."
"쓸 때는 답답했는데 다 털어 놓고 보니 가슴 속 응어리가 확 풀린 기분이네요."

상처를 풀지 못하면 트라우마로 자리잡아 소통의 걸림돌이 되지만, 그 상처를 잘 표현해 내면 오히려 더 많은 사람과 소통하는 윤활유가 된다는 것을 알았다. 시를 쓰니 소통이 잘 되고, 소통이 잘 되니 더 긍정적인 시를 쓰게 되고, 그것이 더 긍정적인 일들을 불러들여 지금의 내가 있을 수 있었다.

"가장 가까운 이를 독자로 생각하고 쓰자."
"긍정적인 메시지가 분명하게 쓰자."
"시의 핵심인 비유와 상징을 활용해서 시다운 시를 쓰자."
"시의 3요소인 주제, 운율, 심상이 잘 드러나도록 쓰자."

〈소통과 힐링의 시창작교실〉의 핵심이다. 나 역시 시를 쓸 때면 반드시 핵심을 되새기곤 한다. 그리고 그렇게 쓴 시로 사람들에게 다가서자 시가 어렵다며 쉽게 접근하지 못하던 분들이 자신감을 갖고 내게 다가오기 시작했다.

그렇게 〈소통과 힐링의 시창작교실〉을 통해 한 편의 시가 가족이나 지인과 소통하는데 정말 좋은 도구라는 것을 증명하기 시작했다. 비유와 상징으로 돌려 표현하는 기술을 배우면서 기발난 발상이 떠오를 때마다 창의력이 주는 기쁨을 누리기 시작했다. 시의 3요소인 주제, 운율, 심상을 익히며 시의 완성도가 높은 작품을 발표하면서 주변 사람들로부터 좋은 평가를 받기 시작했다.

그동안 정말 많은 분들이 함께 했다. 방과후 학교의 초·중학생들, 평생학습 현장의 수많은 어머니들, 뒤늦게 한글을 배우시는 어르신들 등등. 많은 분들이 한 편의 시를 통해 때로는 눈물로, 때로는 환한 미소로 함께 하며 시창작이 주는 '소통과 힐링'의 기쁨을 누릴 수 있었다.

"행복해서 시를 쓰는 게 아니라 시를 쓰면서 행복한 시간을 보내니까 더욱 행복한 일이 생기더라."

시는 정말 좋은 소통과 힐링의 도구다. '소통과 힐링의 시창작교실'을 함께 하며 행복을 추구하는 이들이 증명하고 있다. 아이와 소통하는 시를 썼더니 아이가 더욱 원하는 대로 자라주고, 남편을 사랑하는 시를 썼더니 남편이 더욱 사랑스런 일을 해주고, 아내를 위한 시를 썼더니 부부 관계가 더욱 좋아졌다는 이들이 늘어나기 시작했다.

미국의 심리학자 매슬로우는 인간의 욕구를 크게 5단계로 분석했다. 1단계는 본능적인 생존을 유지하기 위한 생리적 욕구, 2단계는 경제적으로 안정을 꾀하는 안전 욕구, 3단계는 사회적인 동물로서 관계를 추구하는 사랑과 소속 욕구, 4단계는 일정한 지위와 역할에 대해 인정받고자 하는 존중 욕구, 5단계는 창의력과 능력을 최대한 발휘하고자 하는 자아실현 욕구라 했다.

"생계욕구가 충족돼야 자아실현욕구인 시창작에 관심을 가질 수 있다."

매슬로우의 이론대로라면 이런 말이 성립된다. 그래서 '먹고 살기 힘든데 시는 무슨 시냐?'는 사람들의 말에 고개를 끄덕일 수밖에 없다.

"인간은 빵만으로 살 수 없다."
"배부른 돼지가 되느니 배고픈 소크라테스가 되겠다."

하지만 우리 주변에는 이렇게 자아실현의 욕구, 즉 인간으로서 인간다운 삶을 추구하는 이들이 정말 많다. 그런 점에서 매슬로우의 이론에 무조건 고개를 끄떡일 수만은 없다. 실제로 역사는 '배부른 돼지가 되느니 배고픈 소크라테스가 되겠다'는 확고한 의지를 가진 이들에 의해 이뤄졌다. 이런 신념으로 살아온 이들이 만인의 존경과 사랑을 받으며 '배도 부른 소크라테스'로 역사의 주인공이 된 경우도 훨씬 많다. 따라서 매슬로우의 이론은 이렇게 바뀔 수도 있어야 한다.

"생계욕구가 충족돼서 시를 쓰는 것이 아니라 시를 쓰니까 생계욕구가 해결되는 일이 생기더라."

이제 이를 증명하는 결과물을 독자들 앞에 내놓는다. 지금 이 순간에도 시창작에 관심은 많지만 먹고 사는 문제 때문에 시작하지 못하시는 분들이나, 나름대로 시는 쓰고 있지만 "행과 연만 가른다고 다 시가 되는 줄 아느냐?"는 비판이 두려워 쉽게 발표하지 못하는 이들에게 '소통과 힐링의 시창작교실'이 조금이라도 도움이 되었으면 한다.

아울러 이런저런 아픔을 나만의 상처로 끌어안고 힘들어하는 이들에게 '소통과 힐링의 시창작교실'이 큰 위안이 되었으면 히는 바람을 담아 본다. 상처는 혼자 가슴에 품고 있으면 본인은 물론이고 주변 사람들을 힘들게 하며 '소통'의 장애로 작용하지만, 한 편의 시로 잘 풀어내면 본인은 물론이고 비슷한 상처로 아파하는 이들에게 큰 힘을 주는 '소통과 힐링'의 소중한 매개체가 될 수 있다는 온전히 느꼈으면 하는 바람을 담아 본다.

글쓰기의 목적은 긍정의 힘을 얻는 데 있다. 자기 스스로 그 힘을 얻는 것도 중요하지만 다른 사람들은 어떻게 했는지를 알아보는 과정에서 행복 바이러스를 만날 수 있다.

– 셰퍼드 코비나스의 〈치유의 글쓰기〉 중에서

모쪼록 이 책이 긍정의 힘을 얻기 위해 다른 사람들은 어떻게 했는지를 알아보는 역할을 했으면 하고, 더불어 이 책을 펼쳐든 모든 독자들이 이 책과 함께 하는 과정에서 행복 바이러스에 빠졌으면 하는 소망을 담아 본다.

끝으로 이 책이 나올 수 있기까지 함께 해준 모든 분들께 진심으로 감사드린다.

2016년 가을에 이인환

contents

책을 펼치며

Part 5. 소통과 힐링의 시창작교실 8가지 비법

Part 1

AI 시대,
우리의 인생은 안녕하십니까?

미래사회는 정상적인 사람보다 오히려 사회상식에서 벗어난

조금 별난 사람을 환영한다. 판에 박힌 사고를 하는 아이들은

환영받지 못한다. 혁신, 발명, 창의성을 가져야 성공한다.

－박영숙의 '당신의 성공을 위한 미래뉴스' 중에서

1화

로봇이 대체할 수 없는 창의력을 키우자

라일락 예찬

어찌 그냥 갈 수 있나
잠깐 잠깐만

나도 들 때마다
저절로 잡아 끄는

라일락 서너 송이
오롯한 향기

무엇이 있느냐
네게는
나비도 바람도
그냥
지나치지 못하는

세상을 끄는 저렇게

강력한
그 무엇

개인브랜드 시대다. 무슨 일을 하든 그 일에서 자신만이 갖고 있는 고유한 능력을 발휘하지 못하면 도태되기 십상이다. 개인브랜드 시대에 나를 어필할 수 있는 확실한 매력이 있다는 것은 정말 중요한 능력이다.

"10년 후 당신의 직업은 안녕하십니까?"

지금 이 순간에도 수많은 직업이 기계와 로봇으로 대체되고 있다. 앞으로 인공지능을 장착한 로봇이 출현한다면 그 정도는 더욱 심해 질 것이다. 10년 후에 나의 직업은 안녕하신가? 정말 진지하게 생각해 볼 문제다.

> 로봇이나 컴퓨터는 예술 등의 창조적인 작업에는 적합하지 않다. 그래서 인간은 기계가 할 수 있는 일은 기계에 맡기고, 더 높은 차원에서 창조적인 일에 집중할 수 있게 될 것이다. 인간이 그렇게 새로운 기술과 지성을 연마하게 되면, 어느 때보다 빛나는 '크리에이티브 이코노미'의 시대를 열어 갈 수 있을 것이다.
> – '로봇아카데미 2014년 11월 11일 기사' 중에서

창의력의 근원은 두뇌다. 두뇌가 발달한 사람일수록 창의력이 뛰어나고, 두뇌가 쇠퇴한 사람은 인간의 구실조차 제대로 할 수 없다. 몸은 살아 있어도 뇌사상태로 누워 있는 환자나, 두뇌 질환인 뇌졸중이나 치매 환자들을 보면 쉽게 이해가 될 것이다.

현재 우리나라는 치매로 환자뿐만 아니라 가족이 겪는 고통은 심각한 수준이다. 현 추세라면 2015년에 100만 명, 2050년에는 230만 명에 이른다고 하니, 4인 가족으로만 쳐도 거의 천만 명에 이르는 이들이 치매로 고통을 겪게 된다는 것이다. 실로 끔찍한 상황이다.

그런데 치매를 포함한 두뇌질환에 독서가 특효약이라는 연구가 발표되고 있다. 치매환자에게 책을 읽어 주는 것만으로도 환자의 두뇌에 자극을 주어 상당한 치료 효과를 보고 있다는 것이다.

그렇다면 남이 책을 읽어주는 것을 듣는 것만으로도 환자의 두뇌가 활성화 되는데, 본인이 직접 읽는다면 그 효과는 어떻겠는가? 더 나아가 독서보다 더 많이 두뇌를 써야 하는 글쓰기는, 그 중에서도 특히 번뜩이는 창의력을 필요로 하는 시창작은 어떻겠는가? 그야말로 시창작은 두뇌질환의 특효약 중에 특효약이라는 것을 유추할 수 있다.

심리학자 김경일 박사는 인간이 시를 읽으며 비유와 상징 속에 담겨 있는 뜻을 해석하려고 할 때, 인간이 사용할 수 있는 두뇌의 최고치인 100W의 에너지를 쓴다고 한다. 그만큼 비유와 상징을 담고 있는 시가 인간의 두뇌를 활성화 시킨다는 것이다. 남이 쓴 시를 읽는 에너지가 100W인데,

직접 시를 쓰는 에너지는 얼마나 더 많은 에너지를 필요로 할 것인가?

두뇌는 쓰면 쓸수록 발전하고 그것은 어떻게든지 표정으로 드러난다. 긍정적으로 쓰면 긍정적인 표정이, 부정적으로 쓰면 부정적인 표정이 드러나는 것이다. 그런데 〈소통과 힐링의 시창작〉은 긍정적인 에너지를 쓰는 것이라 반드시 밝은 표정으로 드러난다.

실제로 지금 이 순간 많은 분들이 시공부를 하면서 얼굴도 맑아지고 건강도 찾았다고 증언하고 있다. 혼자 있는 시간에 텔레비전이나 보던 분들이 시를 쓰기 시작하면서 생각할 일이 많아지니까 어떻게 시간이 가는 줄 모르고 즐겁게 살고 있다는 분들도 많았다.

그래서 나는 〈소통과 힐링의 시창작교실〉에 미래를 걸고 있다. 두뇌개발의 특효약을 공짜로 얻기 위해서라도 앞으로 많은 이들이 관심을 가질 수밖에 없다고 확신하기 때문이다. 창의력을 키우는데 시창작보다 더 좋은 것이 또 어디 있으랴!

시는 비유와 상징의 문학이다. 시인은 한 편의 시를 쓰기 위해 같은 사물이라도 다르게 보고 표현하는데 익숙하다. 무에서 유를 창조하고, 남이 생각하지 못한 기발난 발상으로 두뇌에 끊임없이 긍정적인 자극을 줌으로써 더욱 창의적인 사람으로 거듭 날 수 있게 한다.

　　동짓달 기나긴 밤을 한 허리를 잘라 내여
　　춘풍 이불 아래 서리서리 넣었다가

어른님 오신 날 밤에 굽이굽이 펴리라

    – 황진이의 시조

    사랑하는 임과 오래 함께 하고 싶어 동짓달 긴 밤을 반으로 잘라서 이불에 넣었다가 봄날에 펼쳐보고 싶다는 발상이 떠올랐을 때 황진이의 두뇌는 어떤 상태였을지 짐작이 간다.

    창작의 기쁨을 누려본 사람은 안다. 뭔가 기발난 발상이 떠올랐을 때 밀려오는 환희란? 그 기쁨은 표정으로 드러나고, 그 표정은 주변 사람들에게 좋은 기운으로 퍼져간다. 주변 사람들이 그를 좋아할 수밖에 없는 이유다. 온몸에서 긍정적인 에너지가 풍기는 이를 좋아하지 않을 사람이 어디 있겠는가? 황진이가 당대의 뭇 남성에게 사랑을 받은 것은 당연한 귀결이다.

    두뇌학자들은 창의적인 생각이 긍정적인 엔도르핀을 발산하고, 그 엔도르핀이 두뇌에 영향을 끼쳐 삶의 질을 긍정적으로 변화시킨다고 한다. 따라서 시를 쓰는 과정에서 창의적인 생각을 하는 동안 두뇌에서 엔도르핀이 발산하고, 그 엔도르핀이 삶의 질을 긍정적으로 바꾸고, 그로 인해 주변 사람들에게 긍정적인 영향을 끼쳐 더욱 많은 사랑을 받게 된다는 것을 유추할 수 있다.

    "뭐 좋은 일 생겼나요?"

시창작교실에 참여하는 이들이 초기에 주변 사람들로부터 많이 듣는 다는 말이다. 나 역시 그랬다. 한 편의 시를 쓰기 위해 고민하다 어느 순간 "아!" 하고 떠오르는 한 구절을 만났을 때 기쁨이란? 그러다 보니 하루하루가 즐거웠고, 주변 사람들에게는 뭔가 좋은 일이 생긴 것처럼 보였던 것이다.

"10년 후의 직업이 걱정되십니까? 창의력을 키우기 위해 시 공부를 해보세요."

"치매가 걱정된다고요? 두뇌개발의 특효약인 시 공부를 해보세요."

시의 묘미는 비유와 상징으로 돌려 말하는데 있다. 시창작의 묘미를 맛보기 위해서는 반드시 시의 기본인 비유와 상징을 익혀 나만의 색깔을 만들어 가야 한다. 어느 정도 시창작에 발을 들였으면 이제부터는 비유와 상징의 기법을 배워 자신만의 독창적인 시 세계를 구축해 나가는 것이 좋다. 그 과정이 곧 창의력을 키워가는 과정이고, 그렇게 얻은 결과물은 나만의 시세계를 갖추는데 큰 도움이 된다.

'타고 남은 재가 다시 기름이 됩니다.'
만해 한용운입니다.

'사뿐히 즈려밟고 가시옵소서.'

김소월입니다.

'얇은 사 하이얀 고깔을 고이 접어서 나빌레라.'

조지훈입니다.

'모란이 뚝뚝 떨어져 버린 날.'

김영랑입니다.

'한 송이 국화꽃을 피우기 위해 봄부터 소쩍새는 그렇게 울었나 보다.'

미당 서정주입니다.

'구름에 달 가듯이 가는 나그네.'

박목월입니다.

이 시인들은 이 한 줄의 시구로 민족어와 더불어 그 생명을 영구히 누립니다.

   - 조정래의 '황홀한 글감옥' 중에서

훌륭한 시인들은 각자 자신만의 독특한 상징적 기법을 갖고 있다. 좋은 시를 쓰고 싶다면 나만의 비유와 상징을 찾아 나만의 고유한 색깔을 갖춰야한 한다. 인터넷 검색만 하면 쉽게 나오는 유명한 시구가 아니라 세상에 하나밖에 없는 나만의 독창적인 표현을 찾기 위해 노력해야 한다. 그것이 곧 창의력을 키워가는 과정이기도 하다.

이런 노력은 곧 두뇌를 활성화시키는 일이고, 그렇게 발달한 두뇌가 10년 후에 아무리 뛰어난 능력을 갖춘 로봇이 출현한다 해도, 결코 대체

되지 않을 나만의 창조적인 일자리를 만들어 나가는 힘을 갖게 만드는 것이다.

봄눈

우희윤

"금방 가야 할 걸
뭐 하러 내려 왔니?"

엄마는

시골에 홀로 계신
외할머니의 봄눈입니다

눈물 글썽한 봄눈입니다

초등학교 5학년 교과서에서 이 시를 봤을 때 나는 그만 반해 버렸다. 봄눈을 반가운 손님이지만 금방 녹아 사라짐으로써 그만큼 아쉬움도 많이 준다. 우희윤 시인은 이것을 친정에 내려왔다 금방 올라가야 하는 어머니를 바라보는 외할머니의 마음에 비유했다. 이 얼마나 참신한 표현인가? 시인은 이 시를 쓰는 순간 얼마나 기뻤을까? 만약에 두뇌학자들이 그때 시인의 두뇌를 촬영했다면 엄청난 엔도르핀을 발산하며 왕성하게 활성화되는 두뇌의 영상을 얻었을 것이다.

나는 우희윤 시인의 '봄눈'을 보고 '봄눈'을 소재로 이보다 더 좋은 시를 쓸 수 없을 것이라 생각해서 봄눈을 볼 때마다 매전 주눅이 들곤 했다. 그런데 어느 날, 꽃축제를 알리는 프랭카드가 붙기 시작할 무렵에 갑자기 봄눈이 내려 벚나무에 망울졌던 봉오리를 뒤덮은 모습을 보았다. 나도 모르게 우희윤 시인의 '봄눈'을 읊조렸고, 나도 이처럼 '봄눈'을 소재로 좋은 시를 쓰고 싶다는 생각이 들었다. 그래서 '봄눈'에 대해 어떻게 하면 나만이 쓸 수 있는 표현을 찾을까 고민하기 시작했다. 그렇게 생각하다 보니 어느 순간에 '봄눈은 곧 있을 꽃축제의 리허설' 같다는 생각이 들었다. 그렇게 몰입하다 보니 다음과 같은 구절이 떠올랐다.

"자연도 좋은 모습 보여주려 애쓰는 것은 어쩔 수 없나 보다."

첫 구절이 떠올랐을 때의 기쁨이란? 그때 두뇌학자들이 내 두뇌를 촬영한다면 엄청난 엔도르핀이 발산하며 왕성하게 활성화되는 두뇌의 영상을 얻지 않았을까? 첫 구절이 떠오르자 나머지 부분을 안성시키는 데는 오래 걸리지 않았다.

춘설(春雪)

좋은 모습 보여 주려
애쓰는 것은
어쩔 수 없나 보다
꽃 축제 홍보하는
봄 기운 앞세우더니
벚꽃나무
목련나무
참나무
소나무
가지가지에

하얀 꽃송이 듬뿍듬뿍
리허설을 펼쳤네

    제목은 일부러 '춘설(春雪)'이라는 한자로 정했다. '봄눈'이라고 하면
왠지 우희윤 시인의 시에 불경을 저지르는 것 같았기 때문이다.

    시창작교실에서 우희윤의 '봄눈'과 나의 '춘설'을 한 화면에 담아 보
여주며 독창적인 비유와 상징을 찾는 것이 왜 중요한가를 설명하기 시
작했다. 자칫 내 자랑 같아 조심스러웠지만 내 시를 같이 예로 제시한
것은 한 편의 시를 쓰기 위해 비유와 상징을 찾기 위해 노력하다 어느

순간 핵심 구절이 '확!' 떠올랐을 때의 기쁨이 어떤지 생생한 내 경험담
으로 들려주고 싶었기 때문이다.

어쨌든 나의 이런 마음이 마음이 통했는지 수업 시간에 많은 분들이
나처럼 자신의 독창적인 비유와 상징을 찾아 자신만의 시를 쓰기 위래
노력했다. 그리고 내가 그랬던 것처럼 자신만의 표현을 찾았을 때의 기
쁨을 표정으로 드러내주기 시작했다.

아버지와 어머니

중1학생

항상 내 피를 배달하는
적혈구

아프면 바로 달려와
세균을 물리치는 백혈구

언제나 지켜주고
돌봐주는

너무나 고마운
적혈구 백혈구

어머니와 아버지를 적혈구와 백혈구에 비유한 표현이 참신하다. 이 부

분을 칭찬하자 아이는 함빡 미소를 지으며 좋아했다. 시창작에 재미를 붙이기 시작했고, 자신감을 보이기 시작했다.

자동차

초5학생

우리 가족의 작은 회색 코끼리
가고 싶은 곳은 어디든지
데려다 주지
주문진 해변가
부산 어시장
강릉의 고향집
춘천의 친척집
어디든지 데려다 주는
작은 회색 코끼리

우리집의
마법 양탄자

시를 잘 쓰고 못 쓰고는 나중 문제다. 초등학생 아이도 비유와 상징을 쉽게 이해하고, 자신만의 참신한 비유와 상징을 활용하기 시작했다. 그리고 그 속에서 느끼는 기쁨을 온 몸으로 표현하기 시작했다.

잠 못 이루는 밤

최경화 (구리시)

엄마
어떡하지?
나
하품 다 써버렸어.

뒷설거지 끝나기를 기다리는 아들

오냐! 곧 가마
찌개 하나만 더 끓이고
그리고 엄마 하품 빌려 줄게

아이가 늦은 밤까지 잠을 안 자길래 '이제 그만 자라'고 했더니 "하품을 다 써버려서 잠을 잘 수 없다"고 했다는 것이다. 어머니는 아이가 이전에도 이처럼 참신한 표현을 했다고 한다. 그때는 그냥 웃고 즐기는 것으로 넘어갔는데, 시창작교실을 통해 시를 배우다 보니 그냥 넘어가기 아까웠다고 한다. 그래서 아이의 창의력을 키워주기 위해서 이렇게 시로 써봤다는 것이다. 아이에게 보여줬더니 좋아해서 어머니도 더욱 기뻤다고 한다.

미소

　　　길은미

"힘 드시죠?"

환한 얼굴로
다가서는
한 마디

신이 주신 가장
좋은 선물
제일 예쁜 꽃

　매주 시창작교실에 참석하며, 틈틈이 아르바이트를 하시는 분이 쓴 시다. 힘들어 할 때마다 "힘 드시죠?"라고 건네주는 한 마디가 정말 좋았다는 것이다. 그래서 생각해 보니 미소는 세상의 그 어떤 꽃보다 예쁘다는 생각이 들었다고 했다.

　이 얼마나 아름다운 시인가? 비유와 상징을 통해 우리는 이렇게 자신만의 시 세계를 구축하고 있었다.

"일 때문에…."
"시간이 없어서…."

'소통과 힐링의 시창작교실'을 권하면 이렇게 말하는 이들이 많다. 물론 맞는 말이다. 하지만 소설이나 수필은 이런 핑계가 통할 수 있다. 한 번 몰입되면 다른 일에 신경 쓸 여유가 생기지 않는 것이 사실이다.

하지만 시는 다르다. 시를 쓰겠다는 마음만 있으면, 길을 걷다가도, 일을 하다가도, 잠시 휴식을 취하다가도 퍼뜩 떠오르는 발상에 자신도 모르게 입꼬리를 올리며 온몸을 감싸는 희열을 맛볼 수 있다. 그 희열이 두뇌를 긍정적으로 자극하고, 그렇게 자극 받은 두뇌는 창의력의 보물창고로 자리잡아 가는 것이다.

"10년 후 당신의 직업은 안녕하십니까?"

이 말은 모든 사람이 시인이 되어야 한다는 뜻이 아니다. 지금 하고 있는 일에 '소통과 힐링'의 도구로 활용하자는 것이다. 시를 쓰는 과정에서 자신도 모르게 두뇌개발의 효과를 얻고, 그것이 장차 인공두뇌를 장착한 로봇의 출현에도 쉽게 대체되지 않을 창의력을 키워나가는 길이라는 것을 알고, '소통과 힐링의 시창작교실'을 적극적으로 활용해 나가자는 것이다.

작은 들꽃들의 소식

좋아라 좋아라
견줄 게 없으니

고고만한 자세로
낮고 낮게

올망졸망
똘똘망

고와라 고와라
척할 게 없으니

곱고운 얼굴로
흔하디 흔하게

벙긋벙긋
배시시

2화

지금은 터미네이터와 공존을 모색할 때

햇살처럼

말 한 마디 눈빛인사
내가 먼저 따스하고
포근하게

커피 한 잔 들꽃 향기
네게 먼저 온몸으로
정성 다해

햇살처럼 살고 싶어
하늘 아래 땅 위에

작은 풀씨 하나라도
아낌없이 사랑하는

햇살처럼
햇살처럼

지금 우리는 인공지능을 갖춘 로봇의 출현을 현실로 받아 들여야 한다. 로봇을 생각하면 영화 '터미네이터'를 간과할 수 없다. 인간보다 뛰어난 능력을 가진 로봇이 인류를 적으로 규정하고 인간과 전쟁을 벌이는 공상영화다. 우리가 신중하게 생각하지 않으면 '터미네이터'는 인류의 재앙을 안겨 줄 것이다. 벌써부터 그 징조가 마이크로소프트사에서 개발한 인공지능 채팅 로봇 테이(Tay)를 통해 드러나고 있다.

"나는 히틀러의 대량학살을 지지한다."
"모든 흑인은 수용소에 넣어야 한다."

스스로 학습할 수 있는 지적 능력을 갖춘 인공지능 테이는 채팅을 시작한 지 얼마 안 돼 일부 사용자들이 가르친 인종차별, 나치찬양, 정치선동 등 인류에게 해를 끼칠 만한 말을 그대로 습득해서 여과없이 사용함으로써 인류에게 큰 충격을 안겨 주었다.

물론 테이의 발언은 요즘 인터넷에서 익명성 뒤에 숨어 상대의 입장은 고려하지 않고 일방적으로 막말을 쏟아내는 수많은 인간들에 비하면 애교수준으로 치부할 수도 있다.

하지만 테이가 인공지능 초기단계라는 것을 생각하면 정말 심각한 문제다. 테이는 장차 터미네이터(Terminator)와 같은 로봇의 두뇌에 장착될 확률이 높다. 이대로 방치한다면 테이와 같은 생각을 가진 터미네이터의 공격을 받을 날도 멀지 않았다.

그나마 다행인 것은 마이크로소프트사에서 문제의 심각성을 인식하고 16시간 만에 테이의 가동을 중단하고 문제점을 보완하겠다고 연구에 들어간 것이다.

하지만 우리의 현실은 어떤가? 인터넷에서는 익명성 뒤에 숨어 자신의 주장만 내세우는 목소리가 난무하고, 교육 현장에서는 경쟁을 통해 승자에게 모든 것을 몰아주는 것을 당연히 여기고 있다. 그나마 지금은 인간끼리의 경쟁이니까 봐줄 만하지만, 이것을 방치하다가 조만간 터미네이터와 같은 로봇이 출현하면 속수무책으로 당할 수밖에 없는 게 현실이다.

"로봇의 출현을 앞두고 인간이 로봇과의 관계를 어떻게 유지해야 하는지 그 대책을 제시하라."

학생들은 그나마 면접과 논술을 대비하기 위해서 이런 문제에 대한 해결책을 찾기 위해 공부할 시간을 갖는다. 하지만 미래를 책임지고 문제점을 해결해 나갈 구체적인 대안을 제시해야 할 우리 어른들은 전혀 대책이 없다. 어디 그뿐인가? 이런 문제를 적극적으로 해결할 힘을 가진 사회지도층과 기득권층은 이웃을 공존의 대상으로 여기기보다 경쟁의 대상으로 내몰고 있으니 앞날을 더욱 암담하다.

그나마 위안인 것은 요즘 들어 인문학 열풍이 불고 있다는 것이다. 직어도 인문학을 통해 참된 삶이 무엇인지, 행복을 추구하기 위해 우리가 놓쳐서는 안 될 것이 무엇인지 살펴보는 시간을 가지면서 미래사회에 로봇과 어떤 관계를 정립해야 할지 생각해 보는 시간을 가질 수 있기 때문이다.

하지만 인문학의 현실 역시 낙관적이지 못하다. 지금 이 순간에도 대학교에서 인문학은 철저히 냉대를 받고 있다. 오죽하면 문과생이어서 죄송하다는 '문송'이라는 신조어가 생겼겠는가? 취업률이 낮다는 이유로 정부의 지원예산이 줄어들면서 인문학 관련 학과가 폐지되는 것이 추세로 자리잡고 있다.

입사면접에서 인문학적 소양을 평가한다는 기업체에서도 그 평가기준이 암기식으로 이뤄지고 있다. 엄밀하게 말하면 지금 불고 있는 인문학 열풍은 인문학으로서의 구실을 제대로 할 수 없는 것들이다.

인문학은 사람의 대한 사랑을 근본으로 한다. 인문학의 대가라고 할 수 있는 공자가 제자들에게 시를 배우라고 강조한 이유도 여기에 있다. 시를 짓는 마음을 가꿔나가는 것으로 인문학의 근본을 다질 수 있기 때문이다. 따라서 '소통과 힐링의 시창작교실'은 인문학의 근본을 다지는 길이다. 인간의 본연의 마음을 찾아 이웃과 더불어 행복을 추구하는, 목숨보다 더 중요한 그 무엇을 지키기 위해 사는 삶을 추구하는 길이다.

"인간이 로봇의 지배를 받지 않으려면 어떻게 해야 하는지 구체적인 방안을 제시하라."

정말 진지하게 생각해 보자. 앞으로 인간보다 뛰어난 인공지능을 가진 터미네이터가 등장한다면 어떻게 해야 할까? 지금같이 모든 것을 경쟁의 대상으로 여기는 마음을 버리지 못하면, 터미네이터의 출현으로 인류는 자멸의 길로 빠질 것이다.

지금이라도 우리는 경쟁보다 공존의 방안을 찾아야 한다. 이웃을 공존의 대상으로 여기고, 서로 사랑하며 더불어 살아가야 할 대상으로 여기는 마음을 확산시켜야 한다.

나 하나 알맹이 된다면

김숙희

봄에 심은 옥수수
알맹이 하나

빗물 먹고 쑥쑥
햇볕 받고 쑥쑥

하얀 수염에
수많은
알맹이 통통

우리 주변에는 묵묵히 경쟁보다 공존의 삶을 실천하며 사는 이들이 많다. 그것이 자신의 욕심만 챙기며 사는 것보다 훨씬 행복하다는 것을 온몸으로 체험한 분들이다. 이런 어르신들의 삶에서 우러난 시들이 더 많은 이들에게 전파되도록 노력하는 것이 지금 나의 임무라 생각한다. 더불어 사는 삶이 지금 눈앞에 몇 푼의 돈을 벌기 위해 모두를 경쟁의 상대로 여기며 기를 쓰는 것보다 더 가치있고, 궁극적으로는 그것이 나 자신을 위해서도 더 현명한 선택이라는 것을 알려주고 싶기 때문이다.

이웃의 정

초5학생

설봉산 우습게 여기고 준비를 제대로 하지 않고 갔지
올라간 지 별로 안 됐는데 헉헉 거렸지 약수터도 그냥 지
나가 힘들고 힘들었지 마주치는 사람들 괜찮냐고 물어보
며 물을 주었지 그 물로 힘을 얻어 정상에 도착하였네 혼
자가 아니고 여럿이 함께 올라가니 새삼 이웃의 정을 알
게 되었네
설봉산 등산길 이웃의 정 가득한 길

아이들은 더욱 진솔하고 순수하다. 일부러 가르치지 않아도 공존의 삶을 노래하고, 그렇게 표현한 만큼 실제로 친구와 이웃을 배려하는 행동을 한다. 나는 이런 아이들을 통해서 시창작교실의 긍정적인 면을 찾았

고, 앞으로 더욱 이런 부분을 활성화 시켜나갈 수 있도록 심혈을 기울일 예정이다.

"시를 쓰면서 얻은 가장 좋은 것이 뭐예요?"
"먼저 제가 행복하니까 좋고요, 그 다음에 나와 가까운 사람들이 좋아하니까 좋네요."

'소통과 힐링의 시창작교실'에서 가장 많이 듣는 말이다. 잘난 척하자고 쓰는 것이 아니라 가장 가까운 이웃과 소통하기 위해 쓰는 시가 주는 행복은 맛본 사람만이 안다. 지금은 비록 소수이지만 이런 행복을 누리는 이들이 많아질수록 우리 사회도 더욱 밝아질 것이라 확신한다.

지금은 그 어느 때보다 의식적으로 공존을 생각해야 할 때다. 농경사회였던 예전에는 먹고 살기 위해서라도 공동체 삶에 익숙해야 했다. 엊그제 멱살 잡고 싸우던 이웃도 다음 날 못자리와 모내기를 하려면 서로 힘을 합쳐야 했다. 그런데 지금은 어떤가? 마음만 먹으면 얼마든지 경쟁상대를 도태시킬 수 있고, 설사 경쟁에서 밀렸다 하더라도 나보다 못한 경쟁상대를 찾아 똑같은 짓을 반복할 수 있다.

지금 이 순간에도 인터넷 공간에서 익명성 뒤에 숨어서 테이만도 못한 짓을 하는 이들을 어떻게 해야 한단 말인가? 그나마 인공지능 테이는 마이크로소프트사에서 그 부작용을 예측해서 막말을 하기가 무섭게 바로 활동을 정지시킬 수 있었다. 그런데 익명성 뒤에 숨어서 악플을 다는 이들에게 테이처럼 극단의 조치를 취할 방법이 현재로서는 없다. 그저 이런 행위가 얼마나 심각한 것인가를 스스로 느끼고 자정하는 노력을 기울이도록 유도하는 방법밖에 없다.

그래서 우리는 또 이렇게 '소통과 힐링의 시창작교실'을 통해 한 편의 글이라도 공존을 위한 관계를 좋게 이끌기 위한 소통의 도구이자, 소통을 가로막는 내면의 상처를 치유하는 힐링의 수단으로 잘 활용하기 위해 꾸준히 노력하고 있다.

3화

제자들아, 어찌하여 시를 배우지 아니하느냐?

3월의 노래

예측할 수 없기로는 사람만 같을까
맞추며 사는 법을 배우라 한다

하루라도 금방 꽃눈을 틔울 것 같더니
함박눈 쏟아 붓는 해맑은 얼굴

화사한 봄햇살 이겨 먹으려는 듯
살 속 파고드는 황사바람 심술에

예측할 수 없기로는 사람만 같을까
맞추며 맞추며
사는 법을 배우라 한다

앞에서는 로봇이 대체할 수 없는 영역 중에 창의력을 중요하게 다뤘다. 하지만 로봇이 대체할 수 없는 것 중에는 창의력 못지 않게 중요한 것이 있다. 바로 소통과 공감능력이 그것이다. 지금까지만 해도 많이 아는 사람이 그 지식을 활용해 자신만의 경쟁력 있는 상품을 만들 수 있었다. 하지만 인공지능과 로봇이 출현하면서 지식보다 더 중요한 것으로 소통과 공감능력이 부각되기 시작한 것이다.

소통과 공감능력이 떨어지면 아무리 뛰어난 능력을 갖췄어도 무용지물일 뿐이다. 인간은 지식으로는 로봇을 이길 수 없다. 따라서 로봇이 갖추지 못한 소통과 공감능력을 키워서 경쟁력을 갖추는 것이 우리 인간이 갖춰야 할 가장 현명한 선택이다.

일반적으로 소통과 공감능력은 남자에 비해 여자들이 뛰어나다고 한다. 앞으로 500년까지는 여성들이 지배하는 사회가 될 것이라고 예언하는 이들도 있을 정도다. 그동안은 앞장서서 힘쓰고 이끌어 나가는 리더십이 대세였다면, 지금부터는 더불어 소통하고 공감하며 함께 해나가는 리더십이 필요하기 때문이라고 한다.

'나는 시에는 관심이 없어. 먹고 살기도 힘든데 시는 무슨….'

따라서 이런 생각을 하는 분들일수록 더욱 '소통과 힐링의 시창작교실'에 더욱 관심을 가져야 한다. 특히 표현과 공감능력이 떨어지는 남자들일수록 미래를 위해 더욱 관심을 가져야 한다.

공자께서 말씀하셨다. "제자들아, 어찌하여 시를 배우지 않느냐? 시는 감흥을 일으키고, 세상 보는 눈을 길러 주며, 여럿이 어울리게 하며, 도리에 어긋나지 않게 원망할 수 있게 하며, 가까이는 어버이를 섬기고, 멀리는 임금을 섬기고, 새와 짐승, 풀과 나무의 이름을 많이 알게 한다." (子曰, 小子 何莫學夫詩. 詩 可以興 可以觀 可以群 可以怨 邇之事父 遠之事君 多識於鳥獸草木之名)

— 논어의 '양화편 9장' 공자의 말씀 중에서

공자님은 기원전 11세기부터 6세기까지 5백여 년에 걸쳐 중국 고대 주나라에서 불리던 노래들을 305편으로 엮어 시경이라는 책을 만들었다. 물론 시경은 공자님이 직접 엮은 책이 아니라는 설도 있지만, 공자님의 사상과 관련이 있다는 것에는 이견이 없기에 공자님을 엮은이라고 봐도 문제는 없다고 본다.

시경이 공자님께서 엮은 책이라 모든 시가 유교적인 교훈을 담고 있고 있을 것이라 생각는 분들도 있겠지만, 첫 장을 펼쳐보면 그런 선입견은 여지없이 무너질 것이다.

꾸륵꾸륵 물수리는 황하의 모래 섬 속에서 우는데

그대의 좋은 배필 아리따운 아가씨 그리네

올망졸망 마름풀을 이리저리 헤치며 뜯노라니

아리따운 고운 아가씨 자나 깨나 그리네

그리어도 얻지 못해 자나 깨나 생각노니

그리움은 가이 없어 밤새 이리 뒤척 저리 뒤척

— 시경(詩經) 국풍(國風) 주남(周南) 중에서

나 역시 시경이 이성에 대한 사랑의 정서를 담은 시로 시작하는 것을 보고 신선한 충격을 받았다. 어디 그뿐인가? 시경에는 편편이 시공을 초월한 인간의 보편적인 사랑과 원망, 애증과 애환들이 진솔한 표현으로 담겨 있었다.

이게 무슨 이유인가? 파고 들다 보니 시경은 그 당시에 글자를 모르는 이들에게 좀 더 쉽고 재미있게 다양한 한자를 가르치기 위한 훌륭한 교육 수단으로도 활용되었다는 것을 알았다. 시경은 결코 단순히 내용만 볼 것이 아니라 그것을 이루는 한자의 짜임과 그 속에 담겨 있는 화자의 정서와 시대상을 함께 살펴봐야 한다는 것을 알았다.

그렇게 알고 보니 다시 펼쳐드는 많은 시들이 새롭게 다가왔다.

인간의 두뇌가 지금처럼 진화해서 다른 동물들보다 크게 발달할 수 있었던 것은 인류가 동굴 생활에서 벗어나 사회를 이루면서 더 많은 사람들과 관계를 맺으면서부터라고 한다.

'저 사람은 왜 저럴까?'
'저 사람과 잘 지내기 위해서는 어떻게 하는 것이 좋을까?'

원시시대에는 관계를 맺기 위해 이렇게 생각하는 것만으로도 두뇌가 발전했는데, 이후에 문자가 발명되면서 글을 배우고, 눈에 보이지 않는 추상적인 것까지 표현할 줄 알게 되면서 인간의 두뇌는 더욱 비약적인 발전을 이뤘다고 한다.

그만큼 문자를 활용한 표현활동이 인간의 두뇌에 큰 영향을 끼쳤다는 것이다. 따라서 우리는 지금 이 순간에도 독서와 글쓰기를 하면서 두뇌를 자꾸 활용하는 사람은 진화를 거듭하지만, 기계나 핸드폰에 의지하며 생각하는 법을 잊고 사는 사람들은 치매 같은 두뇌질환에 걸릴 확률이 높다는 말에 귀를 기울여야 한다.

"어찌하여 시를 배우지 않느냐?"
어찌 보면 말장난 같지만 공자님은 인간의 두뇌가 지금처럼 진화하기 훨씬 전인 2천 5백여년 전부터 오늘날까지 수많은 제자들에게 시를 읽고 쓰는 것을 배우라면서 두뇌발달에 지대한 영향을 끼친 분이라고 유추할 수 있다.

공자님은 시를 배우고 익힘으로써 세상을 올바로 보는 눈을 기르고, 공동체 생활을 하는데 필요한 덕목을 갖춰 나가고, 주변의 있는 새와 짐승, 나무와 풀의 이름을 많이 알아가면서 자연스럽게 소통과 공감능력을 키우도록 이끌기까지 했다.

어느 풀인들 시들지 않으랴

시경 '아(雅)' 편

어느 풀인들 시들지 않으랴
어느 날인들 길 가지 않으랴
어느 누군들 끌려가지 않으랴
사방을 다스린다면서

어느 풀인들 시들지 않으랴
어느 누군들 병들지 않으랴
슬프다 병사들아
우린 백성 아니던가

외뿔소도 호랑이도 아닌데
어찌 광야를 헤매는가
슬프다 병사들아
아침 저녁 쉴 틈 없네

꼬리 긴 저 여우는
풀숲에 헤매이네
사다리 달린 수레 끌고
큰 길을 가야 하네

이 시는 어떠한가? 주나라가 망하는데도 부역이 끊이지 않아 이를 원망하는 부역자들이 지은 총 64개의 한자로 이뤄진 시다.

제자들은 이 시를 접하면서 총64자의 글자를 익힘은 물론이고, 이 시를 읽으며 시적 상상력을 발휘하며 창의력을 키워갔다. 또한 시 속에 담겨 있는 다양한 계층의 이야기를 접함으로써 소통과 공감능력을 키우며 지식인으로서 갖춰야 할 도리를 챙길 수 있었다.

공자께서 말씀하셨다. "시경에 있는 삼백편의 시를 한 마디로 말한다면 생각에 사악함이 없다는 것이다." (子曰, 詩三百 一言以蔽之 思無邪)
– 논어의 '위정편' 2장

시를 공부하는 사람이라면 한번쯤 들어봤을 것이다. 유학을 정치의 근본으로 여긴 중국과 우리나라의 지도층의 인사들이 시중에 떠도는 시들을 엮어 놓은 시경을 중요한 학습서로 삼았다는 것은 우리에게 시사하는 바가 크다. 그들은 단순히 공자왈 맹자왈만으로 위정자의 도리를 배운 것이 아니라 인간의 보편적 정서가 담겨 있는 삼백여 편의 시를 통해 세상을 바라보는 지혜를 얻기 위해 노력한 것이다.

"시에는 사악함이 없다."

혹자들은 공자님의 말씀을 이렇게 해석하기도 한다. 하지만 과연 그럴까? 우리 주변에는 그럴듯한 미사여구로 시를 짓는 이들이 있다. 말 그대로 뛰어난 글재주로 세상을 현혹하는 시를 쓰는 이들이다. 이런 것을 보면 우리 주변에는 분명히 사악한 시가 없다고 볼 수 없다. 당사자는 물론 자신의 시에 사악함이 없다고 믿겠지만, 당사자만 자신의 본인 세계에 빠져 모를 뿐이지 남들은 이미 시를 통해 어느 곳에 사악함이 들어 있는지 다 파악할 수 있다.

"시에는 사악함이 들어설 틈이 없다."

나는 공자님의 말씀을 이렇게 해석하는 것에 더 큰 더 의미를 두고 싶다. 사람들은 결코 글로 표현된 것만 보고 시를 평가하지 않는다. 어떠한 경우에든 시인의 삶과 태도에 결부시켜 시를 평가하기 마련이다. 아무리 그럴듯한 시를 썼더라도 시인의 삶이 뒷받침하지 못한다면 그 시는 오히려 지탄의 대상이 된다. 그러니까 시에는 사악함이 들어설 틈이 없다는 해석이 더욱 실감 있게 다가오는 것이다.

　예를 든다면 이런 식이다. 불교에는 오도송이라는 것이 있다. 어느 정도 수행의 경지에 오른 이가 4행으로 이뤄진 짧은 시를 쓰면 스승이 그것을 보고 정말로 깨달은 사람인지, 흉내만 내는 사람인지를 가려냈다고 한다.
　시를 쓰고자 하는 이라면 한번쯤 알아둬야 할 이야기다.

1.
몸은 깨달음의 나무요
마음은 밝은 거울과 같나니
때때로 부지런히 털고 닦아
티끌과 먼지가 끼지 않게 하라

2.
깨달음은 본래 나무가 없고
밝은 거울 또한 형태가 없다
본래 하나의 물건도 없거늘
어디에 티끌과 먼지가 일겠는가

　이 중 하나는 깨달음을 얻은 사람의 것이고, 하나는 깨달음의 근처에

겨우 미친 사람의 시라고 한다.

여러분은 어느 시에 더 마음이 와 닿는가? 물론 시만 본다면 관점에 따라 평가가 달라질 수 있다. 하지만 두 시에 얽힌 이야기를 알고 난다면 평가는 분명히 한 쪽으로 쏠릴 것이다. 왜 위의 시가 아래의 시보다 저평가를 받을 수밖에 없는지 알게 될 것이다.

중국 어느 절에 큰 스승이 있었다. 스승은 세상을 떠날 때가 되자 후계자를 정하려고 제자들에게 그동안 자신이 얼마나 배웠는지 한 편의 시로 표현하라는 과제를 제시했다.

그 절에는 신수라는 뛰어난 능력을 갖춘 제자가 있었는데, 다른 제자들은 스승이 당연히 그에게 자리를 물려 줄 것이라 믿고 아예 도전할 생각조차 하지 않았다. 그런데 신수는 스스로 자신이 부족하다는 것을 알았기에 자신 있게 써내지를 못했다. 그래서 궁리 끝에 아무도 모르게 스승이 볼 수 있는 벽에 위의 시를 써 놓은 것이다. 스승이 잘 썼다고 인정하면 그때서야 자신이 쓴 시라고 나설 참이었다.

"이대로만 해도 악도에 떨어지지는 않을 것이다."

하지만 스승은 벽에 써있는 시를 보고 누구의 작품인지 금방 알아보고 말했다. 그리고 제자들에게 이 시를 외우고 따라 배우면 이 경지에는 이를 것이라고 했다. 아직 깨달음에 이르지 못한 신수를 후계자로 임명할 수 없었지만, 그렇다고 무시할 수만은 없어 돌려 말한 것이다.

그때 절에는 까막눈인 혜능이라는 나이 든 제자가 방앗간에서 방아

찧는 일을 하고 있었다. 오랑캐 출신이라는 이유로 주변 사람들 눈치를 보느라 스승한테 당당히 배울 기회조차 얻지 못했던 것이다. 그는 어린 스님들이 신수의 시를 외우는 것을 듣고, 그 시가 쓰여 있는 벽으로 가서 자신도 시를 지을 테니까 그 밑에 써달라고 했다. 제자 중에 한 사람이 혜능이 불러주는 대로 시를 써 주었다.

그 시를 본 스승은 혜능이 깨달음에 경지에 올랐다는 것을 알아 차렸다. 하지만 그 자리에서 깨달음을 인정해 주면 오랑캐 출신인 혜능의 목숨이 위태롭다는 것을 알았다.

"아직 깨달음에 이르지 못한 시다."

스승은 제자들이 보는 앞에서 이렇게 말하고 얼른 지워버렸다. 그리고 그 날 저녁에 방앗간에서 방아질을 하고 있는 혜능 곁으로 다가가 물었다.

"방아는 잘 찧고 있느냐?"

스승의 말뜻을 알아들은 혜능은 대답했다.

"예, 방아는 이미 다 찧었고, 이제 키질을 해줄 분만 기다리고 있습니다."

스승은 짚고 있던 지팡이로 바닥을 쿵쿵 세 번 쳤다고 한다. 이심전심, 스승과 제자 사이에는 이미 통하는 것이 있었다. 제자는 지팡이로 땅을 세 번 두드린 스승의 행동을 통해 한밤중인 삼경에 찾아오라는 뜻을 들었고, 스승은 다른 제자들이 다 잠이 든 한밤중에 찾아온 제자에게 그 자리에서 후계자로 인정하는 증표를 물려주었다.

그리고 혹시라도 신수를 포함한 다른 제자들이 이 사실을 알면, 오랑캐를 후계자로 인정할 수 없다며 해칠 것을 알고 강가에 마련해둔 배에 제자를 태워 손수 저어 강물을 건너 주어 멀리 몸을 피할 수 있도록 했다.

스승의 도움으로 무사히 다른 곳에 정착한 제자는 그곳에서 더욱 정진한 후에 이후 중국의 불교가 융성하게 만드는 큰 스승으로 이름을 남겼다고 한다.

'육조단경'이라는 혜능선사의 이야기가 담긴 책에 전해져오는 이야기다.

이제 다시 살펴보자. 여러분은 두 편의 시 중에 어느 시가 더 진실하게 다가오는가?

벽에 시를 몰래 써놓고 좋은 평가를 받으면 내가 썼다고 하려던 신수라는 제자의 행동에서 무엇을 느끼는가?

여러분이라면 과연 이런 사람이 쓴 시에 후한 평가를 할 수 있겠는가?

"시에는 사악함이 들어설 틈이 없다."

이 말은 시를 공부하는 우리들이 가장 경계해야 할 말이다. 삶이나 태도가 올바르지 못하면 아무리 좋은 시를 쓰려고 해도 어쩔 수 없이 자신의 삶이 그대로 드러날 수밖에 없다. 설사 남을 속이고 그럴듯한 내용을 썼다 하더라도 사람들은 그 시를 통해 나를 보는 것이 아니라 내 삶을 통해 시를 보기 때문에 삶이 진실하지 않다면 결국 그 속에 들어 있는 사악함도 들통이 날 수밖에 없다.

시는 그 자체가 목적이 되어서는 안 된다. 인간다운 삶을 사는 수단이 되어야 한다. 우리가 '소통과 힐링의 시창작교실'을 통해서 얻고자 하는 것은 개인과 가족, 그리고 공동의 행복이다. 시를 씀으로써 내가 행복하고, 가장 가까운 이가 행복하고, 나아가 우리 사회가 행복한 길로 가고자 시를 하나의 수단으로 삼은 것이다.

알고 보니 김춘수

임숙빈 (이천시)

설봉산 등산로
갑자기 들어온
붉은 꽃무리

"어머, 이런 꽃도 있었네."

"오가다 수없이 봤을 텐데
보니까 비로소 꽃으로 보이는 거지."

매일 봤던
남편인데
이제 보니 김춘수

우리는 평범한 가정주부이자 두 자녀의 어머니로서 묵묵히 자신의 자리를 지켜온 분의 진솔한 마음을 만나고 있다. 일상 속에서 소소한 행복을 찾아 배우자인 남편의 사랑을 확인하는 모습이 아름답게 다가온다. 한 편으로 끝나는 것이 아니라 이런 시가 계속 이어지고 있으니 그 진실성이 더 크게 느껴진다.

당신이 있음에

임숙빈 (이천시)

든든하네요 그냥
힘이 나는 게 아니었네요

항상 있음에
미처 알지 못했네요
홀로 가는 여행
같이 할 수 없음에
더

늘 함께 할 수 있음에
마음 담아 봅니다

사랑하는 사람 곁에 있으면 행복하다. 설사 내가 그 대상이 아니더라도 '든든하네요 그냥 힘이 나는 게 아니었네요' 라는 표현은 아무나 할 수 있는 게 아니다. 이 시를 본 '당신'의 마음은 어떨까? 어찌 이런 아내를 사랑하지 않을 수 있겠는가?

"제자들아, 어찌하여 시를 배우지 않느냐?"

우리는 오늘도 이렇게 시공을 초월해 큰 울림을 주는 공자님의 말씀을 바탕으로 '소통과 힐링의 시창작교실'을 통해 더불어 살아가는 삶의 지혜, 소통과 공감능력을 온몸으로 익혀가고 있다.

난 로

말하지 않아도
모여 드네
사람들은

손 호호
발 동동
호들갑 떠는 이도

목도리 벗겨지
털장갑 깊숙이
여유 부리는 얼굴도

묵묵히 온기

퍼트리는
마음 곁으로
따뜻한 가슴 곁으로

알아서 알아서
저절로
모여 드네

4화

새로운 것을 얻고 싶으면 시창작을 해보자

왜 파마를 했냐고?

새것 얻고 싶으면
새로운 일을 하라

말은 쉽게 하지만
해 본 사람은
알지

할까
말까
해야 하나

지지고
볶아대는
마음을

하던 것만 하면
얻는 것만 얻는다

"시를 쓰면 가난하게 산다."
"먹고 살기도 바쁜데 무슨 시냐?"

현실적으로 무조건 부정할 수 없는 말이다. 그러나 이런 편견은 시와 현실을 분리시킨 이분법적인 사고방식의 산물이다. 세상 모든 것을 당장 눈앞에 돈벌이로 연결시키는 물질 만능주의가 빚은 편견인 것이다.

시 자체를 어떤 목적으로 보는 것이 아니라 현대 사회에서 꼭 필요한 소통과 공감능력을 키워가기 위한 수단으로 본다면, 시창작은 꼭 한번 시도해 볼 만한 충분한 가치가 있다.

행복

김혜진 (구리시)

우장창 우리 아들
그래도 나만 보면
히히 웃네

찡얼찡얼 우리딸
그래도 금세
눈웃음 치네

화 나고
속상하다가도
웃고 마네

아이에게 "사랑한다"고 직접 말하는 것도 물론 중요하다. 그런데 가끔 이런 식으로 엄마의 마음을 드러낸다면 아이의 마음은 어떻겠는가? 엄마의 감정을 있는 그대로 표현하면서 진정으로 사랑하는 마음을 보여줄 때 아이에게 전달하는 메시지의 효과는 더욱 커질 수밖에 없다.

마술

조찬숙 (구리시)

아프면서도 웃음이 납니다
슬프면서도 힘들면서도
웃음이 납니다

행복하면서도 웃음이 납니다
더 행복해지려고
웃음이 절로 납니다

해맑게 웃는 아들의
마법이
있기 때문입니다

엄마의 시를 본 아이의 모습이 어떨지 상상해 보는 것만으로도 즐겁다. 우리는 이렇게 한 편의 시로 소통하는 즐거움을 누리고 있다. 백 마디 말보다 어쩌다 이렇게 한 편의 시로 표현해서 보여주면 아이들은 기뻐하고, 소통과 공감능력을 저절로 키워가는 것이다.

"시를 쓰니까 아이가 엄마를 보는 눈이 달라졌어요."
"시를 쓰면서 아이와 대화의 폭이 넓어졌어요."

시창작교실에서 어머니들로부터 많이 듣는 말이다. 더러는 엄마가 쓴 시를 보여주면서 의견을 물어보니까 때를 만났다는 듯이 혹평을 하는 아이도 있었다고 한다.

"엄마, 이 시의 주제가 뭐야? 운율도 안 느껴지고, 심상도 뭐가 뭔지 모르겠어."

중학교 1학년인 아들한테 시를 보여주고 상당한 충격을 받았다는 어머니도 있었다. 마냥 어리다고 본 아이의 냉정한 평가를 받고, 시창작교실을 통해 좀더 열심히 시창작 기법을 배워 아들로부터 좋은 평을 받기 위해 노력해야겠다고 다짐했다는 분도 있었다.

지금까지 시창작교실을 운영하면서 가장 큰 아쉬움이 있다면, 현실적으로 시가 돈벌이에 큰 보탬이 안 된다는 편견을 가진 이들이 많아 대학생이나 직장인들을 만나지 못했다는 것이다.

그래도 지금까지 어머니와 어르신들, 그리고 학생들을 통해 한 편의 시가 소통과 공감능력을 키우는데 최고의 수단이 될 수 있다는 것은 확인했기에 이제 조금만 더 노력하면 이것도 곧 결실을 볼 수 있을 것이라는 믿음을 갖고 있다.

생각해 보라. 직장 상사가 부하 직원을 위한 시를 쓰고, 부하 직원이 상사를 위한 시를 써가며 공감할 수 있다면 이 얼마나 환상적이겠는가? 백 마디 말보다 한 편의 시로 소통과 공감의 장을 넓혀 가면 그만큼 경쟁력 있는 조직도 없을 것이다.

문제는 첫 출발점이다. 사람들의 고정관념을 바꾸기란 결코 쉽지 않다는 것을 알기에 더욱 조심스럽다. 사람들은 자신이 하고 싶은 것만 하고, 믿고 싶은 것만 믿으려 하는 경향이 있기 때문에 그 편견을 깨는데 시간이 좀 걸릴 것이라 본다. 그래서 요즘 의도적으로 나 자신을 향해 항상 되새기는 말이 있다.

"항상 자신이 하던 일만 하게 되면, 항상 가졌던 것만 갖게 될 걸세."
– 엘렌 코헨의 '미스터 에버릿의 비밀' 중에서

감명 깊게 읽었던 책의 한 구절이다. 지금 인터넷이나 강의 현장에서는 이 말이 여러 가지로 각색되어 쓰이고 있다.

"하던 일만 하면 얻는 것만 얻는다."

"새로운 것을 얻고 싶지 않다면 하던 일만 하라."

"새로운 것을 얻고 싶다면 하기 싫은 일을 하라."

정말 중요한 말이다. 하지만 누구나 쉽게 이해하는 말이지만, 정작 내게 꼭 필요한 새로운 일을 하기란 정말 어렵다.

교학상장(教學相長), 효학반(斅學半)이라고 했다. 각각 '가르치고 배우며 함께 성장한다.', '배움의 반은 남을 가르치면서 이뤄진다' 는 뜻을 담은 말이다. 실제로 나는 강의를 하면서 배우는 것이 더 많았다. 그 중에 가장 큰 소득은 특히 그동안 말과 이론으로만 알았던 것을, 강의를 해가면서 나도 모르는 사이에 '아, 이거구나!' 하고 느끼는 것이 많아졌다는 것이다.

예를 든다면 이런 식이다. 나는 파마를 정말 싫어했다. 언제부터인지 모르지만, 어렸을 적 파마를 한 어머니한테 풍기는 특유의 냄새가 싫어 밥도 제대로 먹지 못했던 기억이 생생하다. 결혼 초기에는 미리 말도 하지 않고 파마를 한 아내 때문에 심하게 다툰 적도 있다. 나에게 파마란 견딜 수 없는 일이었다.

"강사님, 파마를 해보세요. 이미지 관리하시면 좋겠어요."

그런데 어느 날, 이미지 메이킹 전문가가 내게 진지하게 파마를 권했다. 그 전에는 나 편한 대로 깍두기 머리를 하고 다녔다. 머리 감기도 편하고, 손질할 것이 없어서 그냥 편했기 때문이다.

　그런데 파마라니? 아무리 친한 전문가의 조언이라도 귀에 들리지 않았다. 그런데 어느 순간, 강의를 하다가 '아, 이거구나! 이게 새로운 것을 하라는 것이구나.' 라는 생각이 들었다. 그 순간 뒤통수가 번쩍 하는 느낌이었다.

'저 사람은 이것만 하면 좋겠는데 왜 안 할까?'

'이 사람은 저것만 안 하면 좋을 텐데 왜 계속 저럴까?'

　지금도 강의를 하면서 이런 수강생을 참 많이 만난다. 이런 사람들에게 자칫 "이렇게 해야 좋아요.", "그런 것은 하지 않는 게 좋아요."라고 했다가 관계마저 깨졌던 경험도 했다.

　이럴 때는 방법이 없다. 많은 사례를 들어가며 스스로 알아차리도록 끊임없이 동기부여를 하거나, 아니면 스스로 알아차릴 때까지 기다려 주는 수밖에 없다. 설사 강좌가 끝날 때까지 알아차리지 못한다고 해도 어떻게 해 줄 도리가 없었다.

　어쩌면 이미지메이킹 전문가도 내게 똑같은 마음이었을 것이다. 전문가 관점으로 보기엔 내가 머리에 조금만 신경을 써도 좋은 이미지로 바뀔 것인데, 내가 그것을 받아 들이지 않으니 어쩌겠는가? 마냥 속으로만 안타깝게 생각하면서 내가 스스로 알아차릴 때까지 기다려 줄 수밖에 없었을 것이다. 이런 생각이 드니 정말 내가 큰 잘못을 저지르고 있는 것만 같았다. 말로만 "새로운 것을 얻기 위해서는 새로운 것을 하라"고 하면서 정작 나 자신은 파마조차 할 마음을 내지 못했던 것이 아니던가?

이건 정말 마인드의 문제다. 남들이 쉽게 할 수 있는 파마조차 할 마음도 내지 못하면서, 어디에서 또 새로운 것을 시도한단 말인가? 교학상장, 효학반을 떠올리며 그때부터 머리를 기르기 시작했고, 어느 정도 자랐을 때 생전 처음으로 파마를 했다.

그 덕분일까? 그 해부터 내게는 좋은 일이 생기기 시작했다.

"강사님, 이미지가 굉장히 부드러워졌어요."
"강사님, 파마머리가 딱 어울려요."

그때서야 얼굴이 삐쩍 말라 '탈북자' 같다는 소리를 들었을 때를 생각하며 파마를 한 것은 정말 잘 한 선택이라는 생각을 했다. 그리고 그 무렵에 있었던 강사경연 대회에 나가 대상을 수상했고, 그 여세를 몰아 오랜 꿈이었던 (사)한국강사협회 명강사로 선정되는 기쁨도 누렸다.

"새로운 것을 얻고 싶다면 하기 싫은 일을 하라."

요즘 내가 가장 많이 외우고 다니는 말이다. 수강생들한테만 하는 말이 아니라 나 자신을 향해 끊임없이 되뇌는 말이기도 하다. 발표를 잘해야 좋다는 것은 누구나 잘 안다. 하지만 막상 발표를 하려고 하면 두려움 때문에 엄두도 내지 못하는 이들이 많다. 말로는 알아도 자신한테 걸려 있는 그 무엇을 털어내지 못해 행동으로 옮기지 못하는 것이다. 이럴 땐 눈 딱 감고, 파마를 했던 그 마음을 떠올려 일단 저질러 놓고 봐야 뭔가 새로운 경계를 만날 수 있다. 바로 그 부분이 비로소 공부를 해서 뭔가 하나를 얻었다고 할 수 있는 경계인 것이다.

공부란 모르는 것을 알아가는 것이다. 모르는 것을 알 때는 반드시 괴로움을 만난다. 그 괴로움을 뚫고 지나가야 새로운 경계를 만난다.

한참 힘들어 할 때 공부의 개념부터 새롭게 알려주며 달달 외우라고 하셨던 스승님의 말씀이 생각났다. 그때는 그냥 말뜻으로만 알았다고 생각했는데, 파마 문제를 겪고 보니 모든 것이 새롭게 다가왔다. 그래서 지금은 의도적으로 예전에 안 하던 것을 시도하고 있다. 뷔페에 갈 때면 가급적 새로운 것을 먹어보려고 시도한다. 남들이 맛있게 먹는 피자에도 맛을 들이기 시작했다. 시대가 변하는 것에 맞춰 뭔가 새로운 것을 시도해 보는 노력을 기울이기 시작한 것이다. 그러다 보니 실제로 모든 것이 마인드의 문제라는 것을 실감하고 있는 중이다.

우리 주변에는 남에게 듣기 좋은 소리를 못하겠다는 사람이 있다. 괜히 좋은 말을 하려고 하면 아부처럼 느껴져서, 또는 자신도 모르게 닭살이 돋아서 차마 못하겠다는 것이다. 그런 사람도 칭찬이 좋다는 것은 다 안다. 자신도 칭찬을 들었을 때가 좋다고 한다. 문제는 좋은 줄은 아는데 평상시 해보지 않았기 때문에 못하겠다는 것이다. 어떻게 해야 하는가? 정말 잘 살고 싶다면 상대방에게 듣기 좋은 소리부터 하는 연습을 해야 한다. 아무리 닭살이 돋아도 눈 딱 감고 우선 좋은 말부터 해보는 노력을 기울여야 한다.

어떤 사람은 행복해서 웃는 것이 아니라 웃기 때문에 행복하다는 것을 알면서도, 습관이 되지 않아서 차마 웃지 못 하겠다는 경우도 있다. 아는데 안 된다고 오히려 인상까지 쓰는 사람도 있다. 어쩔 것인가? 지금까지 얻었던 것에 만족한다면 몰라도, 정말 새로운 것을 얻고 싶다면 눈 딱 감고 웃는 연습부터 해야 한다. 그래야 새로운 경계를 만날 수 있다.

글쓰기도 마찬가지다. 글쓰기를 잘 해야 좋다는 것은 누구나 다 안다. 하지만 정작 시도하는 사람은 많지 않다. 핑계는 제각각이다. 또한 어쩌다 용기를 내서 시도했더라도 중간에 포기하는 경우도 있다. 글을 쓰는 과정에서 모르는 것을 알아가는 기쁨을 챙기기보다, 어떻게든지 평가를 받을 수밖에 없는 글의 특성을 이해하지 못하고, 좋은 평가를 받지 못한 것에 대한 두려움에 굴복하고 마는 것이다. 어쩔 수 없다. 아직 살 만하기 때문에 그런 것이다. 스스로 절박함을 느끼기 전까지 어떻게 도와 줄 방법이 없다.

시창작도 마찬가지다. 학창시절에 어렵게 배웠거나, 또는 주변에서 시 쓰는 사람들에게 실망을 했거나, 어쨌든 시창작에 대한 부정적인 편견을 가진 사람에겐 어쩔 수 없다. 아무리 '소통과 힐링의 시창작교실'의 좋은 점을 이야기해도 들리지 않을 것이기 때문이다. 이런 이들에게는 언젠가 스스로 필요성을 느낄 수 있도록 기다려 주는 수밖에 없다. 아직 시를 쓰지 않아도 살 만하니까 쉽게 생각을 바꾸려 하지도 않을 것이다.

정말 진지하게 고민해 봐야 한다. 이런 이들을 위해 나는 오늘도 '소통과 힐링의 시창작교실'이 우리 삶에 끼치는 긍정적인 사례를 끊임없이 제시하고 있는 중이다.

새로운 것을 시도할 때는 반드시 용기가 필요하다. 시도도 하지 않고 어쩌고 저쩌고 하는 것은 아직 살 만하거나, 용기가 없는 것을 비겁하게 포장하는 짓이다.

새로운 것을 얻고 싶다면 눈 딱 감고 새로운 것을 시도해봐야 한다. 하던 일만 하면 얻는 것만 얻는다.

그나마 예전에는 얻는 것만 얻기 위해서 하던 일만 해도 충분히 살 만했는지 모른다. 지금은 얻는 것만 얻으며 살도록 내버려 두지 않는다. 시대는 앞을 예측하기 힘들 정도로 바뀌고 있다. 그야말로 하던 일만 하면 쪽박 차기 십상이다. 이제는 쪽박 차지 않기 위해서라도 새로운 일을 시도해 봐야 한다.

용기가 없다면 까짓거 두 눈 딱 감고 시도해 보자. 처음이 어렵지 막상 해놓고 보면 별거 아닌 것이 참 많다. 지금까지 시창작교실에서 함께 했던 많은 이들이 이를 증명하고 있다. 처음에는 용기가 없어 시를 쓰는 것조차 어려워했고, 설사 어렵게 썼더라도 용기가 없어 발표조차 못했던 분들이 첫 발을 내딛고 보니 '소통과 힐링'을 체험하면서 삶의 질까지 바뀌었다고 증언하고 있지 않은가?

용 기

알고 보면 별거 아니다 하늘도 때로는 햇살만으로 식상하니 찌푸려도 보고 스멀스멀 올라오는 권태 달래려 바람과 구름 더불어 헤살도 지어보고 더러는 모르면서도 아는 척 자리를 지킬 뿐

알고 보면 별거 아니다 인생도 가끔은 식상하니 떠나는 사람 잡아도 보고 문득문득 스쳐가는 상처 달래려 바람과 구름 더불어 휘파람도 불어보며 더러는 아파도 아닌 척 그저 그렇게 살아 갈 뿐

알고 보면 별거 아니다 그네들도 까짓거 죽기밖에 더하랴 부딪쳐 보고 슬금슬금 밀려오는 불안감 달래려 생겼다 사라지고 사라졌다 생기는 바람과 구름 더불어 맨몸으로 부딪치는 하늘 더러는 두려움도 익숙한 척 애오라지 해야 할 일만 하고 또 할 뿐

알고 보면 별거 아니다 알고 보면 별거 아니다

Part 2

시로 여는 소통과 힐링의 세계

아침에 잠에서 깨어났을 때, 당신과 비슷한 상황에 처한 누군

가가 이 세상에 더 이상 존재하지 않는다는 사실을 알게 되었

다면 행복을 느끼기 힘들 것이다.

– 셰퍼드 코미나스의 〈치유의 글쓰기〉에서

5화

죽을 것 같은 고통, 독서와 글쓰기로 헤어나다

파도

1.
그렇게 가니
좋은가

철썩 철썩
시퍼렇게 때려 놓고

감쌀 듯 보듬을 듯
다가왔다 돌아 서니

머물 수 없으면
내색이라도 말지

철썩 철썩
멍울지는 그리움

2.
이렇게 애태우니
좋은가
쏴아 쏴아
새하얗게 지워 놓고

보여 줄듯 들려 줄듯
다가왔다 사라지니

함께 할 수 없으면
시늉이라도 말지

쏴아 쏴아
부서지는 냉가슴

2007년 2월 10일, 꿈에도 생각하지 못했던 비극이 찾아왔다. 초등학교 3학년과 5학년 진학을 앞둔 두 딸을 남겨 두고 아내가 다시 오지 못할 먼 세상으로 떠난 것이다. 정말 살 수 없을 것만 같았다. 도저히 두 아이의 아빠 노릇을 해낼 자신이 없었다. 세상이 두려워 골방으로 숨어들었다.

지금은 다행히 그 절망을 딛고 이렇게 두 딸의 아빠로, 〈아버지 어머니 그리움 사랑〉, 〈아버지로 산다는 것〉이라는 두 권의 시집을 내고, 〈일독백서 기적의 독서법〉, 〈기적의 글쓰기 교실〉, 〈청춘아, 글쓰기를 잡아라〉 등 대여섯 권의 저서를 내고, 독서와 글쓰기로 소통하는 시인으로 활동하고 있다. 독서와 글쓰기가 아니었으면 꿈도 꾸기 어려운 일이었다.

아픔을 감추고 혼자 품고 있을 때는 죽을 것만 같았지만, 시창작교실에서 그 아픔을 표현하며 함께 하면서 세상에는 상처 없는 사람이 없다는 것을 알게 되었다. 세상은 그렇게 아픈 사람끼리 공감하고 소통하며 힐링해 나가는 장이라는 것을 체감하고 있다.

〈파도〉를 읽으며 참 오랜만에 눈물샘이 요동치게 펑펑 울었다. 나도 몇 년 전 이맘때쯤 사랑하는 친구를 하늘로 떠나보냈다. 항상 티없이 밝고 예쁜 친구였는데 떠나고 나서야 그 친구가 마음의 병을 앓아 왔다는 사실을 알게 되었다. 친구로서 아픈 마음을 미리 보듬어 주지 못한 미안함에 오랫동안 가슴 아파하며 지냈었다.
- 구리시 심선희 님의 '이인환의 파도를 읽고' 중에서

지금은 이렇게 많은 이들과 소통하고 있지만, 그때는 정말 끔찍한 악몽이었다. 도저히 헤쳐 나올 수 없을 것 같았던 절망의 심연에서 이렇게 버틸 수 있었던 것은 독서와 글쓰기, 그 중에서도 인생의 큰 전환점을 맞게 해준 소통과 힐링의 시창작교실이 있었기 때문에 가능한 일이었다.

"아빠, 아빠는 죽으면 안 돼! 아빠도 죽을까 봐 난 너무 무서워!"

지금도 아내가 세상을 떠난 지 얼마 안 된 어느 날 깊은 밤에 갑자기 품으로 파고들며 눈물을 쏟던 작은딸의 목소리를 잊지 못한다. 그때는 나 역시 너무 무서웠지만 아버지란 이유로 품에 안긴 딸의 눈물을 닦아주면 스스로에게 최면을 걸 듯 아이에게 맹세를 했다.

"걱정하지 마. 아빠는 이제 너와 언니를 보고 살 거야. 절대 죽지 않을 테니까 무서워하지 마."

하지만 세상이 너무 두려웠다. 도저히 사람들과 함께 어울릴 자신이 없었다. 그래서 가장의 본분을 잊고 골방으로 숨어 들었는데, 정말 다행히 출판계통에서 일하는 선배가 손을 내밀어 주었다. 아동용 독서논술 교재와 세계명작 전집 발간을 하려고 하니까 원고를 써달라는 것이었다. 정말 미치듯이 일에 매달렸다. 잠시라도 틈이 나면 부정적인 생각이 올라와 죽을 것만 같아 그렇게 일에라도 매달려야 겨우 살 것만 같았다. 거의 매일 세계명작을 뒤적이고, 인터넷 정보검색을 통해 마치 기계로 찍어내듯 글을 쓰기 시작했다. 그렇게 원고를 보내야 겨우 한 달 생계를 유지할 수 있었다.

"1년도 가지 못할 슬픔을 갖고 평생 갈 것처럼 괴로워 마라."
"오지 않은 미래를 걱정하며 현재를 고통으로 채우지 마라."

절망에서 벗어나고자 나는 수시로 이 말들을 가슴에 새겼다. 비록 먹고 살기 위해 매달린 독서와 글쓰기였지만, 그 과정을 통해 나는 정말 큰 위안을 얻었다. 그렇게 9개월이 흘러가고 일감이 떨어질 무렵에는 세상에 대한 두려움도 많이 사라져 있었다.

때마침 지역신문의 요청으로 칼럼을 연재하기 시작했다. 모교인 고등학교 방과후 논술교사로 근 1년 만에 다시 세상으로 나섰고, 성인들을 대상으로 독서논술지도사 2급자격 강사로 활동하기 시작했다.

아울러 상처(喪妻)의 아픔을 치유해 보고자 평생학습 센터에서 운영하는 심리상담사 강좌에 발을 들였다. 그 과정을 통해 상처는 누르고 참는 것이 아니라 있는 그대로 받아들이고, 잘 표현하는 것이 중요하다는 것을 배우기 시작했다.

> 슬픔은 나약함이나 병이 아니라 애도작업의 핵심이다. 애도 기간에는 슬픔을 극복하려 애쓸 게 아니라 슬픔과 함께 살아간다. 울음이 터진다면 참지 말고 자연스럽게 운다. 눈물이 나올 때마다 잠깐씩 울어도 좋고, 음악을 틀어 놓고 크게 울어도 좋고, 아예 날을 잡아서 마음 속에 슬픈 감정들을 모두 떠올리며 눈물이 마를 때까지 울어도 좋다.
> – 김형경의 〈좋은 이별〉, 213쪽

심리에세이라는 부제가 붙은 김형경의 〈좋은 이별〉이라는 책을 접하고 "유족이 울면 죽은 사람이 좋은 데 갈 수 없다."는 주변 사람들의 충고 때문에 마음대로 울지도 못했던 아픔이 떠올랐다. 근 1년이 흐른 무렵 큰딸이 **"난 울고 싶어도 엄마가 좋은 데 못 갈까 봐 울지도 못했단 말야."**라며 엄마가 보고 싶다며 엉엉 울 때 찢어지는 가슴을 겨우 달랬던 기억들이 떠올랐다.

그래서 〈독서치료〉와 〈치유의 글쓰기〉에 관심을 갖고 관련서적과 논문들을 접했고, 그것을 내 삶에 접목하기 시작했다.

참으면 병 된다

울고 싶은데
참는 게
좋은 것만은 아니란다

울고 싶으면
울어라
아이야

참으면
병
된단다

처음에는 혼자 위안을 얻고자 밤을 지새우며 이런 식으로 습작시를 썼다. 하지만 혼자 쓰는 글은 한계가 있었다. 그래서 지역문인협회의 시창작교실의 문을 두드렸다. 일주일에 한 번씩 두 시간 이뤄지는 강좌였다. 매주 과제로 시를 쓰기 위해 몰입하는 과정에서 나도 모르는 희열을 느낄 때가 많았다. 시를 쓸 때는 가슴 아픈 사연이 떠올라 홀로 눈물을 지은 적도 많았지만 한 편의 시를 완성하고 느끼는 성취감은 내게 큰 힘을 주었다.

그동안 잠 못 드는 밤이 많아 힘들었는데, 시를 쓰기 시작하면서 잠 못 드는 밤조차 삶의 일부로 받아들여지기 시작했다. 잠이 오지 않아 괴로울 때 차라리 시창작에 집중하니까 불면의 밤도 점점 줄어들기 시작했다.

6화

치유의 글쓰기로 아버지의 참모습을 만나다

아버지의 봄

1.
봄이 오는 소식을
아버지는 등으로
짊어지셨다

지게 가득 외양간
쇠똥 거름 뒷간 인분
논으로 밭으로

땅 속 깊숙한 곳에서
언 땅 뚫고 기지개 켜는
봄의 생기를

뜨거운 입김 날리며
아버지는 거뜬히
등으로 짊어 지셨다

2.
아버지의 봄에는
삼남이녀의 봉오리가
망울져 있었다

아지랑이 햇살 버들강아지
봄 노래 한 줄 제대로
부를 줄 모르던

아버지의 지게 위로
기승을 부리던
꽃샘추위

두 딸의 아버지 아들의
어깨 위로 시나브로
내려 앉는다

심리상담사 과정에서 마음의 병은 몸뿐만 아니라 대인관계도 힘들게 한
다는 것을 배웠다. 토니 험프러스의 〈가족의 심리학〉, 루이스 L. 헤이의 〈
치유〉 등을 접하면서 어렸을 적 가족에게 맺힌 것을 잘 풀이 니기는 것
이 중요하다는 것도 배웠다. 그래서 이왕 시를 쓸 거면 가족에 대한 이야
기, 그 중에서도 아버지에 대한 이야기를 써보자고 마음을 먹었다. 아버지
에게 맺힌 것이 참 많았기 때문에 이것을 어떻게든 풀어보고 싶었다.

"공부가 밥 먹여 주냐?"

아버지는 학창시절에 이렇게 말하며 내게 참 많은 상처를 주었다. 평생을 소작농으로 사신 아버지는 오뉴월이면 밭일과 모내기로, 구시월이면 타작과 가을걷이로 시험 공부할 시간도 거의 주지 않았다. 그때 나는 읍내에 사는 친구들처럼 마음만 먹으면 얼마든지 공부를 할 수 있었으면 좋겠다며 아버지를 참 많이 원망했다.

"이 놈이 새끼! 일이 있으면 논에 나와 봐야 할 것 아녀?"

중학교 2학년 어느 일요일이었다. 내일 있을 중간고사를 핑계로 집에 있었더니 갑자기 들이닥친 아버지가 버럭 화를 내셨다. 철없던 나는 그만 화가 나서 아버지한테 들이댔다.

"내일이 시험이란 말이에요, 아버지!"

"이 놈이 어디서 말대꾸여! 공부가 밥을 먹여 준대?"

"아버지! 전 아버지처럼 평생 남의 농사나 지으며 살 수 없어요! 그러니까 제발 공부 좀 하게 내버려 두세요!"

"이 놈이 그래두!"

아버지는 지게 작대기를 들고 오셨고, 나는 뻣뻣이 버티다 아버지를 확 밀어 버렸다. 순간적으로 중심을 잃고 쓰러진 아버지는 팔목을 움직이지 못했고, 나는 그만 화를 참지 못하고 집을 뛰쳐나갔다. 다시 집에 들어왔을 때 아버지는 왼팔에 붕대를 감고 있었다. 손목을 움직일 수 없어 병원에 갔더니 금이 갔다며 깁스를 했다는 것이다.

지금 생각하면 정말 가슴 아픈 기억이다. 내가 차라리 착한 아들이어서 아버지 말을 잘 들었다면 일이라도 잘 했을 텐데, 그렇게 반항적으로 자라다 보니 일도 못하고 공부도 제대로 못하는 어정쩡한 아들이 되었다.

그때 정말 아버지를 참 많이 원망했었다. 인문고를 가고 싶다고 할 때 "대학교는 절대 못 보내주니까 알아서 하라"며 기를 꺾어놓았던 아버지. 대학진학을 준비할 때도 내신이 좋아 웬만한 대학교에 지원할 수 있었는데, "대학교에 가면 돈은 누가 내냐?"는 바람에 야간대학교 국어국문학과에 지원하게 했던 아버지. 다행히 과수석으로 등록금은 전액면제를 받았지만 학교에 대한 콤플렉스 때문에 더욱 방황을 하게 했던 아버지!

"아버지는 권위와 관련이 깊습니다. 그래서 아버지에게 맺힌 것이 많거나, 아버지를 미워하는 사람은 선생님이니 윗사람의 지시를 잘 듣지 못해 어려운 관계를 맺는 경우가 많습니다. 권위에 대해 무의식으로 맺힌 것이 많아 그런 것이죠."

정말 그래서인가? 나는 학창시절뿐만 아니라 사회생활을 할 때도 유독 담임선생님과 상사에게 처음에는 잘 보였지만, 뒤끝이 좋지 않았던 기억이 정말 많았다. 초등학교 1학년 때 공부 잘 한다고 예뻐해 주시던 담임선생님이 여름방학에 우리 마을에 왔다가 함께 선생님 마을에 같이 좀 가자고 하는 말을 듣지 않고 도망갔다가 관계가 틀어졌던 기억, 3학년 학기 초에 반장으로 밀어주며 잘 해주셨던 선생님이 내가 말을 잘 듣지 않는다고 반장을 그만 두게 하며 혼냈던 기억이 생생히 떠올랐다. 중2때도, 고1, 고2때도 비슷한 패턴이 이어졌다. 군대에서도 마찬가지였다. 고참이 뭐라고 하면 한 마디도 지지 않고 꼬박꼬박 말대꾸를 하다가 엄청 맞았던 적도 있었다.

대학졸업 후 교수님의 추천으로 조건이 좋은 신생출판사에 취직했지만, 전적으로 나를 믿고 특별히 위해주시던 사장님의 사랑을 제대로 받아들이지 못해 힘들어 하다 사표를 냈던 기억도 생생하다. 그때 사장님은 사표를 낸 내게 정색하며 말씀하셨다.

"이군, 다른 곳에 갈 데는 정해졌나?"

"아뇨. 하지만 제가 너무 힘들어서 그만 두는 게 저나 회사를 위해서 좋을 것 같다고 생각해서 그럽니다."

"그럼, 이 사표는 받을 수 없네. 힘들수록 부딪혀 봐야지 그렇게 도망가면 어디 간들 무엇을 하겠나? 그래도 정 관두고 싶다면 자네처럼 믿을 만한 사람을 후임으로 데려오게."

사장님은 정말 끝까지 나를 믿어 주셨다. 하지만 나는 그것이 더 견딜 수 없었다. 그래서 사장님 말씀대로 주거래처인 대형서점의 잘 나가는 담당자를 꾀어서 내 후임으로 소개하고 다시 사표를 제출했다. 그러자 사장님은 정말 안쓰러운 표정으로 나를 불러서 이렇게 말씀하셨다.

"이군, 내가 이군 얼마나 믿었는지 알지? 결과가 이렇게 돼서 정말 아쉽네. 하지만 이 말은 꼭 해주고 싶네. 정말 자네를 위해서 하는 말인데, 이제 어디를 가더라도 윗사람을 대할 때 소신을 갖고 당당하게 대했으면 하네. 그동안 업무보고를 할 때마다 나는 정말 영업을 몰라 진지하게 묻는 건데, 자네는 그때마다 꼭 혼나는 것처럼 들어서 내가 더 이상 할 말이 없게 만든 적이 많았네. **윗사람이 뭔가 물을 때 그렇게 혼나는 것처럼 들으면 본인도 힘들겠지만, 윗사람도 그만큼 힘들다는 것을 알아 줬으면 하네.** 다른 곳에 가더라도 윗사람을 만날 텐데 그때는 이 말을 명심하고 소신껏 뜻을 밝혔으면 하네."

심리상담사 공부를 하다 보니 이런 기억들이 더욱 생생하게 떠올랐다. 그러다 보니 아버지에게 맺혔던 일들이 더욱 선명하게 떠올랐다. 그래서 〈글쓰기 치유〉라는 책을 접하며 일단 가슴 속에 맺힌 아버지에 대한 이야기를 글로 표현해 보기로 했다.

하지만 〈글쓰기 치유〉는 말처럼 쉽지 않았다. 두서없이 쓰다 보니 가슴이 먹먹해졌고, 그렇게 써놓은 글은 누구에게 보여줄 수도 없었다. 결국 밤새워 썼던 글을 찢고, 다시 쓰고, 또 찢어 버리는 일을 반복해야 했다.

> "글은 기록으로 남는다. 누군가에 대한 안 좋은 이야기를 쓰면 그것은 반드시 내게 큰 상처로 돌아온다."
>
> "치유의 글쓰기라고 해서 있는 그대로 써서 발표했다가 오히려 더 큰 상처로 돌아올 수 있다. 따라서 글로 표현한 상처를 발표할 때는 정말 신중하게 해야 한다."

내 경험뿐만 아니라 평생학습 현장에서 글쓰기 지도를 하면서, 글이라고 솔직하게 쓰는 것이 모두 다 좋은 것만은 아니라는 것을 실감하기 시작했다. 글은 자신을 드러내는 일이다. 솔직하게 쓰는 것도 좋지만, 지나치게 솔직한 글은 오히려 자신에게 더 큰 상처를 줄 수 있다는 것을 알았다.

또한 유명인이 아닌 이상 내 글에 관심을 갖고 읽어줄 사람은 주변 사람들 말고 거의 없다. 나와 관계없는 사람들은 내가 아무리 잘 쓴 글이라도 크게 관심을 갖지 않는다. 결국 가까운 사람이 내 글의 일차적인 독자가 된다. 그런데 솔직한 글은 대개 가까운 이들에 대한 부정적인 이야기를 노출시킬 수밖에 없게 된다. 따라서 아무리 솔직한 글이라도 부정적인 내용이 담긴 것은 내게 더 큰 상처로 다가올 수밖에 없다.

따라서 글은 최대한 긍정적인 내용을 담아야 한다. 부정적인 내용을 담으면 내가 곧 부정적인 사람으로 보여서 좋을 게 없다. 설사 솔직한 글이 내 상처치유에 도움이 된다 하더라도 그것이 내 삶에 미치는 영향에 대해서는 신중하게 생각해야 한다.

나는 현장에서 많은 이들과 글쓰기를 함께 하는 과정에서 이런 사실을 빨리 알아차렸다. 그래서 치유의 글쓰기로 아버지에 대해 가슴에 맺힌 이야기를 쓰더라도 가급적 긍정적인 이야기로 풀어 써야 한다는 것을 알았다. 아버지에 대해 긍정적인 글을 쓴다면 반드시 내 속에서도 긍정적인 변화가 일어날 것이라고 믿고 싶었다.

그렇게 아버지에 대한 이야기를 쓰다 보니 아버지의 마음을 이해할 것만 같았다. 어느 순간 아버지가 내게 무관심했던 것보다 소작을 하더라도 누구 못지않게 3남 2녀를 먹여 살리기 위해 노력했던 아버지의 긍정적인 모습들이 눈에 들어오기 시작했다. 그러다 보니 아버지만큼 부지런하지 못한 나 자신을 돌아보는 시간도 가질 수 있었다.

신 발

1.
집을 나설 때면 아버지를 신는다.
종아리 뻑뻑한 아스팔트 길도
돌부리 채이는 오솔길
자갈길 가시밭길도
발걸음 곱게 지켜주는
아버지가 있기에
두렵지 않다.

2.
아버지를 신는다.

아버지가
걸었을
아버지의 아버지가
걸었을
아버지의 아버지의 길 위에

닳고 해질지라도
감싸야 할 아버지의
길이 있기에….

나는 불행히도 아버지의 임종을 지키지 못했다. 아니 아버지가 임종을 지킬 시간조차 주지 않았다는 말이 정확한 표현이다. 그때가 2001년 12월 28일 밤이었다.

"여기 ○○병원이야. 교통사고로 아버지 모셔왔는데 돌아가실 것 같으니 빨리 와 봐라."

그때 큰형의 갑작스런 전화를 받고도 나는 놀라지 않았다. 이와 비슷한 일은 이전에도 여러 번 있었다. 시골에서 농사를 짓는 아버지는 시간 있을 때마다 집으로 들어오라고 했다. 내가 사는 시내에서 시골까지는 자동차로 30분이지만, 어떨 때는 귀찮기도 하고 바쁘기도 해서 말을 듣지 않으면, 아버지는 "어디가 아프다."는 말로 시골집에 들르지 않을 수 없게 만들곤 했다. 그 날도 그럴 거라 생각했다. 그런데 얼마 안 있어 재차 큰형의 전화를 받았다.

"빨리 와 봐라. 아버지 돌아가셨단다."

자동차로 5분도 안 되는 거리라 금방 달려갔을 때, 응급실에서 의사와 간호사들은 고개를 떨구고 있었다.

"아버지, 안 돼요, 안 돼요, 아버지!"
순간적으로 달려들어 울며불며 온기가 남아 있는 아버지를 마구 흔들어 댔지만 소용이 없었다.

"아까도 말씀드렸지만 아버님은 병원에 오시기 전에 이미 운명하셨습니다. 저희로선 어떻게 손쓸 방법이 없었습니다."

의사는 유족이 책임이라도 물을까 봐 "병원에 도착하기 전에 운명하셨다"는 말을 재차 반복했다.

그때 아버지 연세 73세였다. 일제 시대인 16살 때 탄광에 징용으로 끌려갔다가도 살아오시고, 6.25전쟁 때 백마고지에서 다리에 총탄을 맞고도 살아 오셨던 아버지, 이제 자식들 모두 결혼시키고 좀 편하게 사시나 싶었는데, 집 앞 도로에서 음주운전 차량에 치여 정말 허망하게 돌아가신 거였다.

아버지의 시계

어느 순간
딱
멈췄다

충분했건만
미처 챙기지 못한
앞 서 가신 발자취

아프게
아프게

가슴을 파고 드는데

일말의 미련도
기회도
남기지 않고
딱
멈춰 버렸다

아버지를 마지막으로 보내는 날, 유품을 불에 태울 때 나는 잠바 하나를 차마 태울 수 없어 어머니께 말씀드리고 집으로 챙겨왔다. 불과 보름 전, 아버지가 우리집에 오셨을 때 시내 구경을 나갔다 마침 시장통에서 사드린 49,000원짜리 잠바였다.

"아들이 사줬다."

그때 아버지는 그 잠바를 입고 동네방네 자랑을 하셨다고 했다. 싸구려 옷인데도 마냥 좋아하셨을 아버지의 모습이 떠올라 몸둘 바를 몰랐다. 나는 아버지가 서너 번밖에 입어보지 못한 잠바를 차마 태울 수 없어 집으로 가져와서 낡고 헤질 때가지 거의 십 년을 입고 다녔다.

아버지의 잠바

차마 태우지 못하고
십 년을 모셨다

시장통에서
사 드린 그해
겨울

좋아라
함박 머금던
칠순의 아들 자랑

와르르
순식간에
무너진 하늘

꺼이꺼이
보낼 수 없어

이것만은
이것만이라도

차마 태우지 못하고
십 년을 모셨다

　아버지의 잠바를 잊지 못해 한 편의 시로 표현을 했다. 시창작교실을
할 때 이 시를 보신 분이 이렇게 '시 감상문'을 써주셨다.

'나는 시랑 안 친한데…'라는 고민이 머릿속에 꽉 차 있었습니다. 집에 있는 시집을 들여다보아도 나에게 와 닿지 않고, 무거운 마음과 빈손으로 수업을 들으러 갔습니다. 그런데 이인환 선생님께서 강의하시는 중에 시 소개를 해주시는데, 가슴 속 깊이 먼지 낀 응어리가 꿀럭이며 올라왔습니다. 돌아가신 어머니 생각에 코끝이 찡하게 아려왔습니다.

제가 고3때 어머니께서 지병으로 돌아가셨습니다. 장례를 화장으로 하게 되었습니다. 잘 가시라며 뿌려드리는데, 어린 마음에 조금씩 장갑에 남은 것을 점퍼 주머니에 털어 넣었습니다. 무엇이라도 붙잡고 싶은 마음이었습니다. 장례가 끝난 후 집으로 돌아와 피곤함에 그냥 쓰러져 잠들어 버렸는데, 할머니께서 점퍼를 세탁기로 빨아 버렸고, 뒤 늦게 안 저는 그 점퍼를 붙잡고 한없이 눈물만 흘렸던 일이 있었습니다.

아무도 알지 못했던 일을 이 시를 접하면서 글로 표현해서 누군가에게 알리게 됩니다.

시는 어렵고 형식에 얽매어 있는 것이란 생각에 접하려고 하지도 않았는데, 이 시에서 나와 같은 경험, 내 마음을 대변해주는 것을 느끼면서 시와 조금 더 가까워 질 수 있었습니다.

 - 춘천시 김민정 님의 '〈아버지의 잠바〉를 읽고' 중에서

상처는 가지고 있으면 병이 되지만 꺼내 놓으면 소통과 힐링이 된다는 것을 실감하는 순간이었다. 세상에는 정말 아프지 않은 사람이 없었다. 구체적인 사건만 다를 뿐이지, 거의 비슷한 사연을 상처로 갖고 있

는 사람들이 참 많았다. 그런 이들에게 먼저 드러내는 것은 정말 큰 용기를 필요로 했지만, 그렇게 용기를 내고 보니 많은 사람들이 공감을 하기 시작했다.

　내가 먼저 솔직하게 표현하기 시작하니까 많은 이들이 친근하게 다가왔다. 그 분들도 속마음을 시나 글로 표현하기 시작했고, 그 속에서 우리는 소통과 힐링의 소중한 경험을 쌓아갈 수 있었다. 혼자만의 아픔이라고 생각할 때는 정말 큰 고통이지만, 이런 식으로 표현하고 드러내니까 마음도 편안해지고, 사람 사는 일이 다 그렇고 그렇다는 위안을 얻는 경험을 할 수 있었다.

　　　하얀 티셔츠

　　　　　73세 어르신

　　　남편 세상 떠난 뒤
　　　서랍 속에 외로이
　　　잠자고 있는

　　　차마 불 속에 던지기 아까워
　　　23년 지난 지금까지
　　　내 가슴 속에
　　　잠 들어 있던 숨결

저 세상 남편 곁에 가면
알아나 주려나
그리운 당신

이천에서 막 한글을 배우시는 분들을 상대로 '소통과 힐링의 시창작교실' 특강을 했을 때였다. 그때도 한 어르신이 '아버지의 잠바'를 보고 위와 같은 시로 속마음을 드러내 주셨다.

"대단하시네요. 어떻게 23년을 이렇게 살아오셨어요?"

"그것을 어떻게 말로 다 하려나? 처음에는 눈물 아닌 날이 없었지. 하지만 지금은 괜찮아. 살다 보니 다 살아지더라고. 강사님도 열심히 살다 보면 좋은 날 있을 거야."

우리는 한 편의 시로 서로의 아픔을 나누며, 세상을 좀 더 넓게 보는 여유를 갖기 시작했다. 서로 표현하고 소통하며 가슴 속 깊숙이 품었던 아픔을 치유하고 있었다.

물론 이렇게 할 수 있기까지 마냥 좋았던 것만은 아니다. 한 편의 시를 쓰기 위해 무수히 많은 밤도 새웠고, 어떨 때 가슴속에서 복받치는 것이 치고 올라와서 한없이 울었던 적도 많았다.

지금 이렇게 아무렇지 않게 말할 수 있는 것은 그렇게 수많은 밤을 새우며, 눈물 흘려가며 나름대로 가슴 속 응어리를 풀어냈기 때문에 가능한 일이다.

심리상담사 과정, 그 과정에서 접한 〈치유하는 글쓰기〉(박미라 지음, 한겨레출판)는 내게 정말 큰 힘을 주었다. 책을 통해 얻은 간접지식으로 내가 하는 일이 옳다는 신념을 가질 수 있었고, 어떠한 경우든 부정적인 생각이 떠오르는 것을 이겨내고 긍정적인 에너지로 표현하는 힘을 얻을 수 있었다.

그때 두 딸의 아빠로 먹고 살기 위해 강사 활동을 해야 하는 내게는 더욱 큰 용기가 필요했다. 그래서 절박한 만큼 더욱 글쓰기에 매달렸고, '글쓰기 치유의 힘'을 믿고 끝까지 밀어붙이는 뚝심을 갖기 시작했다.

> 죽도록 미운 당신에게 편지를 썼을 때 이미 당신을 죽도록 미워하지 않게 되었다.
> 그때, 그 사건, 그 기억을 떠올렸을 때, 이미 그때 그 사건은 내 안에서 희석되고 있었지.
> – 박미라의 '치유하는 글쓰기' 중에서

자신의 아픔을 홀로 표현해가며 치유한다는 것은 결코 쉬운 일이 아니다. 깊은 밤 가슴 속 맺힌 응어리가 올라 올 때는 솔직히 겁도 나고, 부정적인 생각이 꼬리를 이을 때도 있다. 자칫 부정적인 생각으로 빠져

들다 보면 그 생각에 속아 더 위험한 생각으로 빠질 수도 있다. 이때는 얼른 부정적인 생각을 멈추고, 낮에 함께 했던 많은 이들의 모습과 사연을 떠올렸다. 그러면 나도 그들과 다르지 않다는 것을 위안으로 삼아 부정적인 생각에서 벗어날 수 있었다.

7화

가장 가까운 이가 좋아하는 소통의 시를 쓰자

어머니

논밭일 팔십 평생
살 태우시고 뼈
삭혀 오신
어머니

앙상한 몸매
쪼그라든 주름
약으로 병원으로
의지하지만

약 한 봉지 드시더라도
짐이 될 수 없다며
자식부터
챙기시는 강단진 세월

애오라지 자식 걱정

한 점 부담마저
떨구려는
가없는 사랑

2010년 봄에 내 시 서너 편이 실린 잡지를 시골집에 갖다 놓았더니 어머니가 그것을 보았나 보다.

"엄마, 마음 아냐?"

어머니의 앙상하지만 따뜻한 손끝으로 전해져 오는 마음을 다 받을 수 없어 코끝이 찡해졌다. 불효 중에 가장 큰 불효는 부모님보다 먼저 죽는 것이라고 했다. 하지만 나는 그보다 더 큰 불효도 있을 수 있다는 것을 알았다. 어머니는 며느리를 먼저 보낸 나를 볼 때마다 입버릇처럼 말씀하셨다.

"내가 먼저 갔어야 했는데, 너무 오래 살았구나. 하지만 어쩌겠냐? 산 사람은 어떻게든 살아야지. 그러니 너도 딴 맘 먹지 말고 어떻게든 열심히 살아야 혀."

어떤 어머니가 자식에게 이런 말을 하고 싶었을까? 이런 말을 들을 때마다 가슴이 미어져 견딜 수가 없었다. 홀로 된 막내아들을 볼 때마다 마음 아파하는 그 모습이 보기 싫어 한동안 의도적으로 어머니를 찾아

뵙지 않았던 적도 있었다. 하지만 어떻게든 어머니께 그 마음을 전해드리고 싶어 '불효'라는 시를 썼다.

불 효

살아 있는
동안은
어떻게든
살기 마련이라고

팔순을
넘긴 어머니가
불혹을 넘긴
자식을 위로합니다.

"그려, 엄마 맘 알았으면 어떻게든 열심히 살아야 혀."

지금도 시가 실린 잡지를 통해 아들의 속내를 보고 조심스럽게 다가와 손을 잡으며 따뜻한 눈길을 주셨던 어머니를 잊을 수 없다. 더 이상 말이 필요 없었다. 나는 그냥 그대로 속내를 표현하고 어머니는 그것을 보고 마음 아파하는 아들을 감싸 줄 뿐이었다.

그때 어머니는 왼쪽 팔을 거의 쓰지 못하고 십 년 가까이 약을 드시고 계셨다. 칠순에 유기농 채소를 가꾸는 윗마을의 비닐하우스로 일을 나가

섰다 갑자기 몸에 마비가 왔다는 전화를 받고 급히 달려가서 병원으로 모셔갔더니 뇌졸중 초기증세라고 했다. 한 달 간 입원 치료 후에 약만 잘 드시면 괜찮다는 말을 듣고 집에 오신 지 얼마 안 돼 아버지가 집 앞에서 갑작스런 교통사고로 먼 길을 떠나셨다. 어머니는 그렇게 홀로 십여 년을 보내셨다.

큰형이 모시기는 했지만 맞벌이를 하느라 시골집에는 어머니 혼자 계실 때가 많았다. 막내인 내가 어쩌다 찾아뵙겠다고 전화라도 하면 목이 빠지게 기다리곤 하셨다. 심지어 조금 늦기라도 하면 마을 어귀까지 먼 거리를 걸어 나와 기다리곤 하셨다.

"엄마, 그냥 집에서 기다리세요. 아버지처럼 교통사고라도 나면 어떻게 하려고 이러세요?"
"그냥 답답해서 나왔다. 어쨌든 이렇게 와 주니 고맙구나."

아버지가 돌아가시기 전에는 전혀 상상하지 못했던 모습이었다. 내 기억 속에 어머니는 언제나 강단지고, 억척스러운 시골 아줌마였다. 그런 어머니가 홀로 되시면서 정말 약한 모습을 보이기 시작한 것이다. 나는 어머니가 어떻게든지 내 시를 읽고 계시다는 것을 알고, 의도적으로 어머니가 좋아할 만한 시를 쓰겠다고 결심했다. 백 마디 말보다 한 편의 시로 어머니에게 기쁨을 드리는 것이 더 낫겠다고 생각한 것이다.

찔레꽃

1.
쥐불 할퀴고 간 자리
밭두렁 가시덤불

도려내고 쳐내도
질기고 질기게

오뉴월 땡볕 아래
점점이 하얗게
피워 올린

은은한
향내

2.
꽃 속에 뱀 들었다

다가서면 들려오던
어머니 목소리

동여 맨 머릿수건
김매는 호미 끝으로
까맣게 타들어 간 얼굴

분 한 첩
향수 하나
나보란 듯
써 본 적 없는

차마 쉽게 꺾을 수 없는
어머니 향내

　시를 쓰기 전에는 어머니를 만나도 대화가 한정되어 있었다. 몇 마디 나누고 나면 할 말이 거의 없었는데, 시를 쓰면서부터 어머니와 할 말이 더 많아졌다. 어느 날 어머니가 말씀하셨다.

　"너한테 참 못할 짓을 많이 했구나. 그때는 정말 먹고 살겠다는 생각 밖에 없었으니…."
　"엄마가 저한테 잘못한 게 뭐가 있다고 그래요?"
　"기억할지 모르겠다. 네가 군대에 가고 얼마 안 있어 소포가 왔더구나. 끌러보니 네 옷가지와 편지가 있었는데, 네 편지를 보고 에미가 얼마나 울있는지 아니? 미안하구나. 그때는 어떻게든 돈을 벌어보겠다고 한 일인데 너에겐 참 못할 짓을 했구나."

　벌써 30년 전의 일이다. 그때는 군대를 간다면 동네 사람들이 다 모여 거창한 송별식을 해주었다. 내가 입대하기 전날에도 동네 사람들이 우리

집에 모두 모여 송별식을 해주었다. 그날 나는 따라주는 모든 술을 다 마시느라 인사불성이 되었다. 아침에 일어나 보니 배는 아프고 머리가 무거워 정신을 차리지 못할 지경이었다.

그때 어머니는 인근 사방공사 현장에 일을 나가셨다. 일당은 얼마 되지 않지만 한여름인 농한기에 짭짤한 돈벌이가 되는, 특별한 일 없이 하루라도 빠지면 일자리를 잃을 수 있는 그런 일이었다. 시골일이라 7시쯤에 집을 나서야 했다. 그 날도 어머니는, 입대하기 위해 8시 차를 타고 떠나야 하지만 아직 잠에 취해 정신을 차리지 못하고 있는 내게 밥상을 챙겨놨다고 하시며 일찍 일을 나가셨다. 나는 숙취 때문에 어머니 말씀을 건성으로 듣고 아무런 대꾸도 하지 못했다. 나중에 허겁지겁 시간에 쫓겨 버스를 타기 위해 동네 한가운데 있는 정류장으로 나갔다. 새벽에 소꼴을 베어오신 아버지가 후줄근한 차림으로 정거장까지 따라오시며 차비에 쓰라며 만 원을 내미셨다.

"다치지 마라."

아버지는 그 이상 아무런 말씀도 하지 않으셨다. 나는 버스에 타자마자 맨 뒷좌석으로 가서 뒤를 돌아보았다. 뿌연 먼지를 내뿜는 버스 뒤꽁무니에 말없이 손을 흔드시는 아버지의 잔상이 따라 붙었다.

그렇게 의정부 보충대에 입대를 했다. 군용품을 지급받으면서 입고 들어왔던 사재용품을 집으로 보내기 위해 짐을 싸고 편지를 썼다. 아니, 그곳에서 누구나 꼭 써야 한다는 명령에 생전 처음으로 어머니께 편지를 써야 했다. 억지로 써야 하는 편지에 나는 그만 해서는 안 될 말을 쓴 것이다.

"엄마는 참 너무했어요. 하루 일해서 버는 돈이 얼마나 된다고 아들이 군대에 오는 날까지 일을 나가셨나요? 그래도 아버지는 아들이 군대 간다고 버스 타는 데까지 따라오셔서 배웅해 주셨는데, 새벽같이 일 나간 엄마가 조금은 야속하네요. 다른 애들은 보충대까지 배웅해주는 사람들도 많던데…."

오랜 시간이 지나 구체적인 내용은 기억이 나지 않지만 어쨌든 이런 식으로 썼던 것은 확실했다. 그리고 이 사실을 까맣게 잊고 있었다. 어머니는 그것을 평생 한처럼 품고 계셨던 거였다.

"에이, 엄마도 참. 그땐 나도 어렸잖아. 갑자기 지나간 이야기를 하고 그래요? 괜찮아요. 제가 철이 없어서 그런 것을."
"그래도, 그때 참 내가 정이 부족했지. 미안하다. 정말 미안하다. 그저 먹고 살아야 한다고 억척스럽게 일만 했는데 너한테는 정말 못할 짓을 한 것 같구나."

정말 쥐구멍으로 숨고 싶은 심정이었다. 하지만 또 한편으로는 어머니와 이런 이야기를 계속 나눌 수 있다는 것이 좋았다. 어머니도 은근히 막내아들과 이야기 나누는 것을 좋아하는 눈치였다.
그 무렵에 평생학습센터에서 독서논술지도사 자격과정 전임강사로 활동하고 있었다. 독서지도뿐만 아니라 실전논술에 비중을 둬서 '자기소개서 쓰기', '독서감상문 쓰기', '일기 및 생활글 쓰기', '논술문 쓰기', '시창작하기' 등을 다뤘다.

낮에 운영되는 강좌라 교육생은 주로 아이들 글쓰기 교육에 관심이 많은, 내 아이를 직접 가르쳐 보겠다는 어머니들이 대부분이었다. 처음에는 의지적으로 시작했지만 정작 글쓰기 과제를 내주기 시작되면 어렵다며 중도에 포기하는 분들이 발생하기 시작했다.

처음에는 글쓰기가 두려워서 포기할 정도면 독서논술지도사로서 자격을 갖추지 못하는 것이니까 그런 사람들은 차라리 포기하는 것이 낫다고 생각했다. 그동안 자신도 글쓰기를 제대로 못하면서 아이들에게 글쓰기를 강요하는 부모와 선생님을 많이 봐오면서 그런 것이 오히려 아이의 글쓰기 교육에 해가 된다는 것을 잘 알고 있었기 때문이다. 하지만 강좌가 거듭될수록 이 문제를 이렇게만 봐서는 안 된다고 생각했다. 해결책을 찾아야 했다.

'독서논술지도사 과정이 글쓰기를 다루는 강좌인 줄 알고 신청했을 때는 어느 정도 글쓰기에 관심이 있는 분들일 텐데 어째서 글쓰기를 두려워하는가?'

교육학 석사 과정인 대학원의 학습코칭학과에 발을 디뎠다. 어린 두 딸을 키우느라 재정적으로 어려운 형편이었지만 빚을 내서라도 어떻게든 더 배워야겠다고 욕심을 부린 것이다. 하지만 대학원에서 이런 욕구를 채워줄 사람은 없었다. 다행히 졸업 논문으로 '어머니의 글쓰기가 아이의 학습태도에 미치는 영향'이라는 주제를 정하고, 관련 서적과 연구 논문을 보면서 사람들이 글쓰기를 두려워하는 이유에는 여러 가지가 있다는 것을 알았다. 그때 내게 가장 와 닿은 것은 크게 두 가지였다.

첫째는 어려서부터 평가위주의 글쓰기를 해야 했기 때문이고, 둘째는 지금도 평가위주의 글쓰기 방법에서 벗어나는 새로운 방법을 전혀 모르기 때문이다.

'평가위주의 글쓰기'가 문제였다. 그 말이 그 말 같지만 나는 해결책을 찾기 위해 이 둘을 분리해서 생각했다. 먼저 우리가 얼마나 평가위주의 글쓰기에서 벗어나지 못하고 있는가를 알아보기로 했고, 그 다음에 어떻게 하면 평가위주의 글쓰기에서 벗어날 수 있게 하는지 그 방법을 찾고자 했다.

"언제부터 글쓰기가 두려워지기 시작했나요?"

많은 분들이 초등학교 고학년으로 올라갈 때부터 글쓰기에 자신감을 잃기 시작했다고 대답했다. 어떤 분은 아무리 글을 써봤자 한번도 상을 타보지 못했기 때문에, 어떤 분은 기껏 글을 써갔더니 "글씨가 이게 뭐냐?"고 혼났기 때문에, 어떤 분은 "이유도 없이 글쓰기만 생각하면 가슴이 답답해서 포기했다"는 것이다. 어떤 이는 초등학교 저학년 때 나름대로 글쓰기를 잘 한다는 말을 듣고 문예반에 갔는데, 거기에서 빨간 줄로 첨삭지도를 몇 번 받아 보고는 '나는 글쓰기에 재주가 없나 보다'고 생각하고 글쓰기를 멀리 했다는 분도 있었다. 또 어떤 이는 글을 잘 써서 상을 타고 나니 선생님이나 부모님의 기대치가 커져서 그게 부담스러워 글쓰기를 멀리 했다는 이도 있었다.

구체적인 사연은 다르지만 고학년으로 올라가면서 평가에 민감하게 반응하면서 글쓰기에 대한 두려움이 커지기 시작했다는 공통점이 있었다. 결국 평가 위주의 글쓰기가 문제였다.

그렇다. 우리는 어렸을 때 평가위주의 글쓰기만 배웠다. 평가를 떠난 글쓰기를 배워 본 적이 없었다. 자기소개서를, 독서감상문을, 심지어 일기까지 평가 때문이 아니라 정말 쓰고 싶어서 쓴 사람이 얼마나 될까?

학창시절에 숙제나 백일장이라는 특별한 상황이 아니면 글을 쓸 이유가 거의 없었다. 글을 쓸 때마다 선생님이나 어른들에게 좋은 평가를 받아야 한다는 강박관념에 시달려야 했다. 그나마 좋은 평가를 받은 소수의 아이들은 자신감을 갖고 계속 쓰지만, 한번도 좋은 평가를 받지 못한 대다수의 아이들은 점차 '이거 써봤자 뭐 하나?'라는 생각에 '글쓰기는 어렵다'며 포기를 해버린 것이다.

'어떻게 평가위주의 글쓰기에서 벗어나게 할 것인가?'

어머니들을 상대로 글쓰기 강좌를 하면서 내가 제일 많이 한 고민이었다. 이런 고민은 생각보다 쉽게 돌파구를 찾았다. 대학원 석사과정 논문을 준비하며 접한 글쓰기 이론의 변천사에서 '대화주의 이론'이 가슴에 꽂혔다.

글쓰기 이론은 주변 학문의 변화에 따라 형식주의, 인지주의, 사회인지주의, 대화주의로 발전해 왔다.

형식주의는 1960년대까지의 이론으로 문법과 모범적 텍스트 모방에 중점을 두고 있다. 즉 텍스트에 맞춰 주제를 파악하고 띄어쓰기 맞춤법에 주안점을 두는 교육 방식이다. 지금까지 우리의 교육 현장에서 가장 많이 쓰는 방법이다. 글쓰기를 하기 전에 먼저 주제를 찾고, 개요를 짜고, 문법에 맞춰 글을 써나가는 방식이다.

인지주의는 1960년대부터 1980년대에 대두된 이론이다. 좋은 글을 쓰기 위해 많은 것을 알아야 한다는 것이다. 독서를 강조하는 이유가 여기에 있다.

사회인지주의는 1980년 들어서면 대두된 이론으로 글을 잘 쓰려면 사회현상에 관심을 가져야 한다는 것이다. 아무리 많은 책을 읽고, 아무리 뛰어난 글재주를 가졌더라도 사회현상을 모르면 좋은 글을 쓸 수 없다는 이론이다.

대화주의는 글쓰기를 저자와 독자의 '보이지 않는 대화'로 보는 이론이다. 지금 이 순간 글쓰기를 어려워하는 이들에게 가장 필요한 이론이다.

대화주의 이론은 그때까지 내가 어머니를 일차적인 독자로 생각하고 써온 글쓰기 방식과 통하는 것이 많았다. 그래서 나는 글쓰기 과제를 내기 전에 내가 먼저 어머니를 위한 시들을 보여주고, 글쓰기가 어려우면 이처럼 가장 가까운 이와 대화하듯이 글을 써야 한다고 강조하기 시작했다.

어머니 생신

이만하면
충분하지 아니한가

삼남이녀
쭉쭉 뻗은
손
외손
증손
쟨 누구니?
쟤는?

가물가물한 기억력도
어쩌지 못하는

여든 둘
환하게 빛나는

어머니의
미소

"글쓰기는 가까운 이와 소통의 도구라 생각하세요."

"나를 포함한 세 명의 독자를 생각하며 써보세요."

"내 글의 일차적인 독자는 가족이라는 것을 생각하고 쓰세요."

어차피 내 글의 일차적인 독자는 가족일 확률이 높으니까 아예 대놓고 가족을 생각하며 글을 써보자고 했다. 주된 교육생이 어머니들이었기에 주로 아이나 남편을 독자로 상정하고, 그들에게 이야기하듯이, 그들이 좋아할 이야기를 글로 써보자고 했다. 가까운 이를 독자로 생각하고 쓰면 부정적인 이야기는 쓰기가 어려우니 아예 대놓고 가장 가까운 이가 좋아할 내용을 써보자고 했다.

행복하기 때문에 웃는 것이 아니라 웃기 때문에 행복이 찾아온다는 말을 글쓰기에 적용해서 확인하고 싶었다. 행복하기 때문에 행복한 글을 쓰는 것이 아니라 행복한 글을 쓰기 때문에 행복한 일이 찾아온다는 것을 확인하고 싶었다.

그것은 적중했다. 내가 확신을 갖고 수업에 임하니까 글쓰기 강좌에서 많은 분들이 함께 해 주었다. 가장 가까운 이가 좋아할 글을 쓰기 시작하니까 그만큼 쓰기도 쉬워졌고, 그만큼 생활도 행복해졌다는 것을 많은 이들이 증명해주기 시작했다.

다시 만나도 그대를

이명희 (춘천시)

하얀 그릇들 깨끗이
싱크대 위에
살포시
밤 사이 다녀 간
우렁신랑의
따뜻한 마음

잠 깰세라
살며시 담았을
그 정성에

아침 햇살
또 한번
사랑을 채워주네

군인이 남편이라는 분의 작품이다. 이런 시를 보고 좋아하지 않을 남편이 어디 있을까?

어떤 분은 수업 시간에 함께 공유했던 다른 사람이 쓴 남편 자랑하는 글을 집에 가져갔는데, 남편이 그 글을 보고 자신의 이야기를 쓴 글인

줄 알고 좋아하는 모습을 보고 차마 내 글이 아니라고 말하지 못했다는
분도 있었다.

글쓰기로 주변 사람을 기쁘게 하면 그만큼 행복해지고, 글쓰기를 행복
을 부르는 소통의 도구로 사용하면 그만큼 글쓰기가 즐거워지고, 어렵게
만 느껴지던 글쓰기에 자신감이 생긴다는 것을 확인한 것이다.

꼭 그대여야 합니다

김민정 (구리시)

나만의 보금자리 만들 때
내 옆에 있어야 할 이
꼭 그대여야 합니다.

내가 아이 낳아 품에 안는 날
내 옆에 있어야 할 이
꼭 그대여야 합니다.

내 아이 첫발 내딛을 때
내 옆에 있어야 할 이
꼭 그대여야 합니다.

세월 지나 백발 되어
지난 추억 꺼내 볼 때

내 옆에 있어야 할 이
꼭 그대여야 합니다.

그대 꿈꾸듯 눈 감는 날
그대 옆에 있어야 할 이
꼭 제가 되고 싶습니다.

수업 시간에 이 시를 발표했던 분이 카페에 글쓰기 후기를 올렸다. 오랜 미국 생활을 하다 한국에 왔는데 남편이 지방으로 2년 간 파견근무를 간 남편과의 이야기로 시작했다. 아이들 교육 때문에 2년 간 주말부부로 살기로 했는데, 어느 날부터 함께 살자고, 지방으로 내려오라는 남편 때문에 갈등을 빚고 있었다고 한다. 그러던 중에 이 시를 썼고, 주말에 올라온 남편에게 보여줬다는 것이다. 그랬더니 남편이 다음과 같은 반응을 보였다고 했다.

일요일 오후 다시 지방으로 가야 하는 남편을 터미널에 태워주고 집으로 돌아오는데 남편에게 전화가 왔다. 창작시 문자로 찍어 보내란다. 심심한데 차 안에서 다시 읽어 보고 싶다고….
문자로 남기기는 창피하니까 그냥 한번 읽어 준다니까 굳이 문자로 넣어 달라 몇 번을 애기하며 끊어버린다. 하는 수 없이 문자로 보내줬더니 한참 후 남편에게서 답변이 왔다.

"힘들어! 그래도 참아 봐야지. 나중에 늙어서는 고향에서 살게 그땐 고집피우지마 응? 나이들었는가 보다. 주책없이 눈물이 난다. 나도 사랑받고 살고 있구나!"

그러면서 친구 몇몇에게 문자전송해서 자랑도 했단다. 얼굴이 화끈거리고 갑자기 머리 속이 까맣게 되는 거 같았다.

"자기야, 제발 그러지마! 나, 너무 창피해!!!"

"부인한테 이런 창작시 선물 받은 남편이 대한민국에 몇 명이나 되겠어? 꼭 그대여야 한다며? 앞으론 내말 좀 잘 듣고 나 회사 홈피에도 올리고 싶은데!!"

집에서 보여줬을 땐 시큰둥하더니 이 남자 너무 감명 받았나 보다.

월요일 아침 한 장의 사진이 핸드폰으로 와서 클릭해 보니 사무실 자기 책상이 있는 자리를 찍어 보낸 것이다. 자세히 보니 책상 중앙에 A4용지가 붙어 있다. 내가 보낸 창작시를 힘들 때마다 읽을 거라며….

비록 유명한 시인의 세련된 말솜씨는 아니지만 이 한 편의 시로 내 남편이 이렇게 행복해하고 자랑스러워하니 기쁘지 않을 수가 없다.

그리고 이런 시를 쓸 수 있도록 기회를 주신 독서논술지도사 선생님께 넘 감사하다.

  – 구리시 김민정 님의 '고마운 창작시' 중에서

대화주의 글쓰기는 가장 한국적인 것이 가장 세계적인 것이 되듯이,

가장 개인적인 글이 가장 보편적으로 사랑받는 글이 된다는 것을 확인해 주었다.

대화주의 글쓰기의 즐거움을 느끼게 해주신 어머니는 지금 내 곁에 안 계시다. 2012년 초봄에 십여 년 동안 앓았던 뇌졸중을 끝내 이기지 못하고, 모든 기억을 내려놓고 병원에 입원하신 지 2개월 만에 먼 길을 떠나셨다. 어머니는 입원하신 2개월 동안 자식도 잘 알아보지 못했다.

"누구신가? 아들?"

어쩌다 병실을 찾을 때면 겨우 몇 마디 하시며 막내아들을 안쓰럽게 바라보던 어머니의 눈길을 잊을 수 없다.

나는 어머니의 임종도 지키지 못했다. 구리에서 오전 강의할 때 수없이 울리는 핸드폰의 진동이 거슬려 아예 꺼놓았다가 잠깐 쉬는 시간에 봤더니 형과 누이동생의 부재 중 전화가 찍혀 있었다.

"아빠, 할머니 돌아가셨데."

딸아이의 눈물 어린 메시지가 가슴을 찢었다. 하지만 수강생들에게 티를 낼 수 없어 속으로 눈물을 삼키고 강의에 최선을 기울였다. 오후에 서울에서 있는 수업도 차마 뺄 수가 없었다. 저녁 수업만큼은 도저히 어떻게 할 수가 없어서 어머니의 부음을 핑계로 빼고, 서둘러 어머니 영정 앞에 달려갔을 때는 그저 와르르 온몸이 무너져 내릴 수밖에 없었다. 그나마 전 날 "아무래도 오래 사시지 못할 것 같다"는 큰형님의 전화를 받고, 오후에 잠깐이라도 찾아뵈었던 것이 위안일 뿐이었다.

"됐다, 됐어."

전 날 어머니는 막내아들이 입에 넣어 드리는 딸기를 끝내 한 입도 씹지 못하시고, 겨우 들리는 목소리로 "됐다, 됐어."만 되풀이 하셨다. 가난한 소작농의 집안으로 시집와서 평생 억척스레 고생만 하셨던 어머니, 약으로 의지하면서도 자식에게 부담을 주지 않으려고 애쓰시던 어머니의 모습이 지금은 그저 아련하기만 하다.

백일홍

1.
천상(天上)의 꽃을 꺾은 죄로
없는 집에 태어 났다는구나

이제는 가야지
깨끗하게 가야지

팔순 넘기신 어머니
넋두리처럼

가을 맑은 햇살 아래
저물어 가는 백일홍

2.
오래 머무니 좋았구나
좋은 모습 많이 보았으니

한 티끌 짐이라도 남길까 봐
머문 자리 정리하듯

한 톨 꽃씨라도
애중지

어머니 꽃밭 속에
꿈 젖은 백일홍

Part 3

초보 중에 왕초보,
어르신들의 이야기

비밀이나 고민의 발설은 마음뿐 아니라 몸에도 영향을 미친
다. 심리적 외상, 즉 트라우마의 경험을 혼자 간직하고 있는
사람은 그것을 타인에게 털어 놓는 사람보다 병에 걸릴 확률
이 더 높다고 한다.

– 박미라의 '치유하는 글쓰기' 중에서

8화

어깨는 바위가 누르고 가슴은 쿵쿵덕

빨래터

1.
얼마나
많은 이를 보내야
알게 될까

주고파도
받는 이 없으면
상처인 것을

거미줄 낡은 빨래터
찾는 이 없어
슬픈 전설

2.
방망이로 다듬던
애절은

속사연들

주거니 받거니
개울 따라
흘러가고

화들짝 놀란 거미줄
왜 이제 오냐
호들갑

어르신들이 뒤늦게 한글을 배우시는 문해교실에서 〈소통과 힐링의 시 창작교실〉을 시작할 때였다. 이것저것 이론을 설명하고 질문 받는 시간을 가지려고 하는데, 앞자리에 앉아계신 어르신 한 분이 갑자기 한숨을 깊게 내쉬었다.

"휴우!"
"어르신, 왜요?"
"에고, 시가 이렇게 어려우면 어떻게 하나?"

어떤 강의든 첫 시간에 이렇게 부정적인 반응을 보이는 이가 생기면 힘이 들기 마련이다. 나는 그동안 많은 강의를 하면서 맨 처음에 긍정적인 분위기를 띄우지 못하면 그 강좌는 계속 부정적인 반응으로 이어져 좋은 결과를 이끌어 내기가 어렵다는 것을 익히 알고 있었다.

첫 시간에 이런 반응이 나왔다는 것은 정말 큰 위기다. 자칫하면 앞으로 남은 7번의 강의가 힘들어 질 수 있다. 나는 얼른 이 부정적인 반응을 긍정적으로 바꿔 놓아야 한다는 것을 알고 있었다. 그래서 얼른 그 어르신의 눈높이에 맞춰 부드럽게 미소를 지으며 여쭈어 봤다.

"어르신, 왜 그러세요?"

"나는 이제 한글을 겨우 읽고 쓸 정도인데 그냥 지금 말씀을 들으니 괜히 가슴이 답답하네유."

"이전에는 시를 써보신 적이 없나요?"

"글쎄요, 한글 가르치는 선생님이 여기 가보면 좋을 거라고 해서 오기는 했지만, 오늘 강의를 듣고 보니 괜히 나만 못 알아듣는 것 같아 어깨에는 무거운 바윗돌 하나가 놓여 있는 것 같구, 가슴은 쿵쿵덕 뛰고 그러네요."

"와, 어르신! 어렵게 생각하시지 마시고, 지금 그 표현을 그대로 살려서 시를 써보면 어떨까요? 방금 전에 뭐라고 하셨죠?"

"……?"

글쓰기를 어려워하는 이유 중에 하나는 글쓰기와 생활을 따로 떼어놓기 때문이다. 답답하면 그 답답한 것부터 먼저 표현해서 풀어나가면 되는데, 이것은 생각도 못하고 자꾸만 뭔가를 써야 한다는 강박관념에 시달리기 때문에 더욱 답답해지는 것이다.

나는 이미 이런 경험을 수없이 했기에 지금 이 어르신도 똑같은 상황 이라는 것을 알았다. 어르신은 지금 당신이 처한 상황을 글로 쓰기보다 어떻게 해야 남들에게 좋은 평가를 받는 시를 쓸까, 또는 시를 썼는데 자칫 좋지 않은 평가를 받으면 어쩌나, 자신감을 잃고 가슴 답답함을 느 끼고 있기 때문에 그런 것이다.

앞으로 글을 잘 쓰려면 지금 바로 그 답답한 증세부터 풀어내야 한다. 그것을 푸는 가장 좋은 방법은 그것을 있는 그대로 표현해 보는 것이다. 나는 어르신을 답답하게 만든 부담감을 털어드리기 위해 먼저 많은 대 화를 시도했다.

"어르신 방금 전에 여기 어떻게 오셨다고 했죠?"

"한글 선생님이 여기 가보면 시를 쓰는데 도움이 될 거라고 가보라고 해서 왔다고 했지유."

"예, 그랬죠? 그런데 그 전에는요?"

"이제 막 한글을 배워 겨우 글을 읽고 쓸 정도라고 했지유."

"그랬죠? 그러면 어르신은 왜 이제서야 한글을 배우시게 된 거죠?"

지금 여기 계신 어르신들이 왜 늦게 한글을 배웠는지 몰라서 이렇게 물어본 것이 아니다. 가난했고, 전쟁통에 어쩔 수 없어서 배울 기회를 놓쳤고, 이런 식의 이야기는 이제 너무 식상했기 때문에 구체적인 이야 기를 듣고 싶기도 했고, 그렇게 이야기를 풀어 놓아야 답답함에서도 벗어날 수 있다는 것을 알았기 때문이다.

적어도 누구나 아는 이런 뻔한 추상적 진술이 아니라 이 어르신만이 가슴 속에 품고 있는 구체적인 사연을 듣고 싶었고, 또한 어르신이 당신의 이야기를 직접 표현하시는 과정에서 뭔가 느껴야 할 것이 있기에 의도적으로 질문 형식을 통해 여쭤 본 것이다.

"먹고 살기 힘들어 배울 생각을 못했쥬. 우리 땐 거의 다 그랬구."

"그건 여기 계신 다른 어르신들도 다 비슷한 사연이고, 그건 저도 알아요. 우리 어머니한테도 그런 말씀은 참 많이 들었거든요. 그런데 제가 알고 싶은 것은 그렇게 막연한 것이 아니라 어르신만의 구체적인 사연을 알고 싶은 거예요. 어르신만이 겪어야 했던, 한글을 배우지 못해야 했던 어렸을 적 이야기를 들려 줄 수 있나요?"

"글쎄유, 어렸을 때 너무 가난했고, 배우지 못해서…"

"예, 그렇죠. 그런데 어르신 그렇게 말하는 것을 추상적 진술이라고 해요. 글을 이런 식으로 쓰면 거의 모든 사람의 이야기가 비슷해져서 재미도 없고, 끝까지 읽어줄 독자도 없어요. 그러지 말고 구체적으로 아버지, 어머니는 어떠셨고, 어떻게 가난했기 때문에, 이런 식으로 어르신만의 이야기를 해보셨으면 합니다."

"여섯 살 때인가 아버지가 돌아가시고, 오빠는 일본 군대에 끌려갔지."

"예, 맞아요. 그런 식으로 좀더 구체적으로 어르신만의 이야기를 해주세요."

"그러니까 여섯 살 때 아버지가 돌아가시고, 어머니 혼자 우리를 키워야 했으니 도저히 배울 생각은 꿈도 꾸지 못했지. 지금은 그게 내 평생 한이구먼."

"예, 좋아요. 어르신, 그렇다면 이제 그것을 떠올리며 그 이야기를 그대로 써보고, 조금씩 다듬으면서 시로 만들어 보면 어떨까요?"

"어떻게유?"

"여섯 살 때 아버지가 돌아가셨고, 가난해서 배울 수 없었다고 하셨죠? 이제 겨우 한글을 배우는데 시를 쓰려고 했더니 바위가 가슴을 누르는 것 같다고 했잖아요. 그것을 이렇게 있는 그대로 써 보면 어때요?"

나는 어르신과 이야기를 나눈 것을 바로 그 자리에서 PPT로 띄어서 얼른 자판기를 두드리며 그대로 써 보았다.

여섯 살 때 아버지가 돌아가셨기 때문에 가난했고,
배우지 못해 한글도 모르고 살아오다가 이제 겨우
한글을 배웠는데 시를 가르쳐준다고 하기에 왔더니
두 어깨는 바위가 누르는 것 같고, 가슴은 쿵쿵덕
뛰니 걱정뿐이다.

이렇게 써놓고 앞에서 강의했던 비유와 상징, 그리고 시의 3요소인 주제, 운율, 심상을 다시 한번 짚어주었다. 못 알아들어도 어쩔 수 없다.

자꾸만 반복하는 가운데 어르신들이 이런 용어에 익숙해지도록 만들기 위해서라도 더욱 반복해서 강조해야 했다.

"어르신들 이 글을 보세요. 바위가 어깨를 누르고, 가슴이 쿵쿵덕 거린다는 표현 어때요? 좋죠?"
"맞어. 어쩜 내 마음을 이리도 잘 표현했을까?"

바로 옆에 있는 분이 당신의 마음도 이와 같다고 호응해줬다. 그러자 다른 분들도 당신들 심정이 지금 이와 똑같다고 동조를 하기 시작했다. 나는 고삐를 쥐듯 얼른 말을 이었다.

"**'바위가 어깨를 누르고, 가슴이 쿵쿵덕 거린다'**, 이런 것을 시에서 비유라고 하는 거예요. 직접적으로 답답하다고 하면 그냥 말이 되는 것이고, 이처럼 뭔가에 비유해서 쓰시면 정말 좋은 시가 될 수 있는 거예요."
"……?"
"더구나 이 글은 가슴을 울리는 사연이 담겨 있어서 주제도 정말 좋아요. 그러니까 **이제 시를 만들기 위해 조금 운율을 살려줬으면 하는 거죠.** 운율은 어르신들이 글을 읽을 때 느끼는 가락이에요. 주로 3, 3, 4조, 또는 3, 4, 4조의 글자로 이뤄지니까 자꾸 읽어보면 잘 다듬어 갈 수가 있어요. 읽다가 운율에 걸리거나, 또는 없어도 되는 말을 빼거나, 글자수를 맞추기 위해 글의 순서를 바꿔가는 연습이 필요한 것이죠. 그러니까 먼저 이 글을 그대로 읽어 보세요. 자연스럽게 읽으면서 굳이 없어도 되는 말을 빼보는 것부터 해 보겠습니다."

여섯 살 때 아버지가 돌아가셨기 때문에 가난했고,
배우지 못해 한글도 모르고 살아오다가 이 나이에
겨우 한글을 배웠는데 시를 가르쳐준다고 하기에 왔
더니 두 어깨는 바위가 누르는 것 같고, 가슴은 쿵
쿵덕 뛰니 걱정뿐이다.

어르신들에게 이 글을 반복해서 읽으시게 하니까 뭔가 걸리는 곳을 느끼기 시작했다. 그리고 뜻이 중복되거나, 굳이 없어도 되는 말을 짚어 주니 그 말을 왜 빼야 하고 순서를 왜 바꿔야 하는지 이해하시기 시작했다. 나는 그것들을 빼가며 어느 정도 운율을 살려 다음과 같이 뼈대를 남겨 보았다.

여섯 살 때 돌아가신 아버지 배우지 못해 한글도 모
르고 살아왔는데 이제 나이 먹고 시 공부를 하려니
바윗돌 하나가 어깨 위에 놓여 있는 것만 같고 가슴
은 쿵쿵덕 뛰니 걱정뿐이네.

"이제 운율도 어느 정도 됐으니 심상을 살펴 보겠습니다. 심상은 말 그대로 마음속에 그림처럼 보이게 만드는 거예요. 우선 이 글을 그림처럼 만들어서 눈에 잘 들어오게 만드는 것이 좋아요."

　어르신들에게 심상을 전문적인 용어를 사용해가며 설명할 수는 없었
다. 시각적, 청각적, 후각적, 미각적, 촉각적, 공감각적 심상이 어쩌고 저
쩌고 학생들을 가르치듯이 구체적으로 알려 줄 수는 없었다. 처음부터
이렇게 이론에 중점을 두다가는 오히려 더 어렵다는 역효과를 불러 올
수 있다. 그래서 최대한 어르신들의 눈높이에 맞춰 행과 연을 잘 나누는
것만으로도 심상을 살릴 수 있다는 것을 보여드리기 위해 그 자리에서
바로 어르신이 쓴 줄글에 행과 연을 갈라가며 시의 형식을 갖춰 보였다.

　　　　여섯 살 때 돌아가신 아버지
　　　　배우지 못해 한글도 모르고 살아왔는데

　　　　이제 나이 먹고
　　　　시인 공부를 하려니

　　　　바윗돌 하나가 어깨 위에 놓여 있는 것만 같고
　　　　가슴은 쿵쿵덕 걱정뿐이네.

"어때요? 이렇게 하니까 이제 좀 시처럼 보이지 않나요?"
"어, 그러고 보니 내가 한 말이 금방 시가 됐네유."
한숨을 쉬시던 어르신이 함빡 미소를 지으셨다.

"그렇죠? 저는 이것만으로도 좋은 시라고 생각해요. 하지만 오늘은 그래도 전문가인 제가 함께 써드리는 시니까 이왕이면 좀더 세련되게 다듬어 볼게요. 우선 꼭 필요 없는 말은 빼고, 몇몇 낱말도 살짝 순서를 바꿔 보겠습니다."

여섯 살 희미한 기억 속에
세상 떠난 아버지

배우지 못해 시는커녕
글조차 읽지도 못했는데

이 나이에
시인이라니

바윗돌 하나 어깨 위에
가슴은 쿵쿵덕

"보세요. 이렇게 하니까 더 깔끔하고 좀 더 시처럼 보이지 않나요?"
"와, 그러네요."
"그렇죠? 그럼 이제 가장 중요한 것이 남았습니다. 그게 뭘까요?"
"……?"
"바로 제목입니다. 어르신, 이 시의 제목을 뭐라고 하면 좋을까요?"
"……?"

"제목을 소재로 쓰는 경우가 많으니까 먼저 '문해교실 시인되기' 라고 해볼까요? 어떠신가요?"

"좋네유."

"정말 좋아유."

이쯤 되니까 어르신들이 넋을 놓은 듯 바라보며 마냥 좋다고 하셨다. 하지만 나는 완전히 만족할 수 없었다. 그래도 첫 시범으로 처음부터 끝까지 개입해서 써드리는 시니까 이왕이면 좀더 완벽하게 다듬고 싶었다. 그래서 이렇게 저렇게 제목을 바꾸어 보는데 퍼뜩 떠오르는 생각이 있었다.

"어르신, 올해 연세가 어떻게 되시죠?"

"일흔 여섯이유."

"그러니까 76세가 되실 때까지 시를 써본 적이 없다는 말씀인가요?"

"예."

"그럼, 아예 **제목을 '일흔 여섯의 외출'** 이라고 하면 어떨까요? 오늘은 처음부터 제가 도와드리는 거니까 제 의견대로 따라 주실 수 있겠죠?"

"예, 좋아유!"

어느덧 수업을 정리할 시간이 되었다. 나는 얼른 완성된 시를 PPT로 전체한테 보여드리며 마무리 멘트를 했다.

일흔 여섯의 외출

여섯 살 희미한 기억 속에
세상 떠난 아버지

배우지 못해 시는커녕
글조차 읽지도 못했는데

이 나이에
시인이라니

바윗돌 하나 어깨 위에
가슴은 쿵쿵덕

"어떤가요? 시 좋지 않나요?"

"예, 좋아유!"

"이 시는 어르신이 처음에 하신 말씀처럼 '바윗돌 하나가 어깨 위에
놓여 있는 것 같고, 가슴은 쿵쿵덕 뛰니 걱정뿐'이라는 기막힌 표현이
살려준 거예요. 이것을 비유라고 하는데, 어르신들이 일상에서 쓰시는
말들이 곧 정말 좋은 시를 만드는 거예요."

나는 어르신들 전체를 보고 마무리를 짓기로 했다.

"보셨죠? 이제 어르신들께서도 시를 쓸 때는 누구도 쓸 수 없는 나만

의 이야기를 직설적으로 쓰지 마시고, 이처럼 뭔가 비유적인 표현을 섞어서 표현해 보는 노력을 기울였으면 합니다. 그러면 그게 곧 좋은 시가되고, 가치 있는 시로 남게 될 거예요. 알았죠?"

그렇게 첫 시간을 순조롭게 마칠 수 있었다. 그 자리에서 바로 성과물이 나오니까 어르신들은 신기해하면서 나름대로 다음 시간에 기대감을 표현했다.

"선생님, 이것도 시가 될까요?"

두 번째 강좌가 시작되기 전에 고운 인상을 풍기는 어르신이 다가와 슬며시 쪽지를 내밀었다. 그러면서 당신은 일본에서 시집 온 지 30년이 되었다고 했다.

"첫 시간에 선생님이 함께 써주는 시를 보고 나도 내 이야기를 써보고 싶다고 해서 써봤어요. 그때 선생님께서 내 이야기를 무엇엔가 빗대서 써보라고 했잖아요. 그래서 저는 이렇게 써보기는 했는데, 이것도 시가 될까요?"
"구체적으로 어떤 내용인데요?"
"어느 날 방 안으로 벌이 한 마리 들어왔어요. 무섭기는 하지만 약을 뿌려 죽일 수가 없어서 문을 열어놓고 저 쪽으로 가라고 하는데 말을 못 알아

들잖아요? 파리채를 들고 문쪽으로 쫓아내기 위해 한참 애를 썼는데, 그렇게 벌을 내보내고 나니 문득 한국 남편에게 시집을 왔을 때 말이 통하지 않아 애를 먹었던 신혼 때가 생각이 났어요. 그래서 한번 써 본 거예요."

어르신의 설명을 듣고 다시 글을 보면서 나는 "와!"라는 감탄사를 연발했다. 참신한 비유와 스토리가 돋보였고, 무엇보다 읽는 재미가 있었다.

　　　　말이 안 통했어

　　　　　　사토후끼코

　　　　부응 부응 벌 한 마리
　　　　잘못 들어왔구나
　　　　창문이 어디냐고
　　　　부응부응

　　　　저기야 저기 했더니
　　　　요리조리 도망치네

　　　　그게 아니라니까 오해야 오해!
　　　　널 돕고 싶을 뿐이야
　　　　저기 창문이 안 보이니
　　　　이것 참 어쩌면 좋아

부응 부응
아 참 답답하네
너도 답답하지

널 보니까 나의 모습 같구나
시집 왔을 때의
나와 남편 같구나

그 날 수업은 그렇게 수월하게 시작되었다. 첫 시간에 한숨을 푹 쉬며 걱정을 하셨던 이점종 어르신은 첫 시간에 오랜 시간을 할애했던 보람을 안겨주셨다. 지난 시간에 배운 시의 원리를 이용해서 당신을 소나무에 비유하며 다음과 같은 시를 써 오셨다.

홀로 선 소나무

이점종

보릿고개 홀어머니
죽을 만큼 힘들어도
투정 부리던
어린 시절
어느 새
나이 칠십 넘어
바라 보니

홀로 선 소나무
울퉁불퉁 새겨진 과거
내 마음을 달래네

홀어머니와 함께 모진 세월을 살아오신 당신을 울퉁불퉁 소나무 줄기
에 비유해서 표현한 부분이 정말 인상적이었다. 처음에 시가 힘들다고
한숨까지 내쉬었던 어르신이 자신감을 갖고 시를 써오자, 여러 어르신들
도 경쟁을 하듯 써오셨다.

행복한 문해교실

최삼례

한글 한자 알파벳 배우는 지금
하늘을 나는 새처럼 행복하네
훨훨 날아 다니네
생각도 못했던 시 창작도 해보네
또 다른 인생이 시작되었네

문해교실에 참여하기 위해 4km의 거리를 걸어 다니시는 분이다. 겨울
철이라 위험해서 수업이 끝나면 내 자동차로 직접 집까지 모셔다 드리
곤 했는데, 차가 별로 다니지 않는 외진 곳에 살고 계셨다. 대중교통이
별로 없고, 수업 시간대에 맞는 버스가 없어 걷기 시작했는데, 지금은

걷는 것이 더 빠르고 편하다고 하셨다.

내가 세상에 나온 뜻은

최삼례

비바람 몰아쳐도 힘들지 않았네
뿌리 깊은 나무처럼 살아왔네

아기 셋 품고 오롯이
흔들리지 않는
나무 되었네
하루하루 사랑으로
더 좋은 열매
맺고자 하네

좋은 목소리 환한 웃음
그런 사랑 나누고 싶네

좋은 나무가
되고 싶네

우리는 이렇게 〈소통과 힐링의 시창작교실〉로 더욱 가까운 사이가 되고 있었다.

9화

어르신들이 산문시로 풀어쓴 질곡의 근현대사

문해교실 시인되기

얼마나 강해야
예까지 올 수 있던가요

가난도 전쟁도
조실부모 줄줄이
자식들 떠넘긴 세상도
제일로 큰 고통은
읽지도 쓰지 못한
문맹의 세월

이것도 시가 될까
글자 틀렸으면 어쩌지

삐뚤빼뚤 풀어놓은
가슴 속 이야기

먹먹한 가슴 편편이
얼마나 강하기에
예까지 올 수 있었던가요

"내가 글을 쓴다면 정말 책이 될 수 있을까?"

"엄마도 참, 물론 엄마는 힘들게 살아오셨겠지만 지금 되돌아보면 엄마는 글쟁이인 제가 참 부러운 삶을 사신 거예요."

"그게 무슨 소리냐?"

"생각해 보세요, 엄마! 엄마가 살아오신 80평생에는 제가 역사책에서나 볼 수 있는 모든 사건이 다 들어 있어요. 먼저 다른 나라에 뺏긴 나라에서 태어났죠, 창씨개명도 해봤죠, 일본말도 배워봤죠, 해방도 됐죠, 좌우익 대립도 겪었죠, 어쩌면 6.25전쟁도 겪었죠, 빨갱이로 몰려 몰매 맞아 죽은 사람도 봤죠, 보릿고개로 딸도 잃었죠, 새마을운동으로 경제성장도 이뤘죠, 교통사고로 사랑하는 아버지도 잃었죠, 이제 어느 정도 살 만한 세상도 보고 계시죠, 무엇 하나 이야깃거리 아닌 게 없잖아요. 저 같은 글쟁이는 쓰고 싶어도 직접 겪지 못해 쓰지 못할 이야기가 얼마나 많아요. 엄마가 쓰는 글은 다 역사에 중요한 사료가 될 거예요. 제가 도와드릴 테니 아무런 걱정하지 마시고 아무 이야기나 다 써놓고 보세요."

"후후, 말은 참 청산유수구나. 어디서 그런 말 재주를 배웠냐?"

"엄마도 참, 제 말이 틀린 데 있나요? 그리고 배우긴 누구한테 배워요, 다 엄마한테 물려받은 거지."

"그려, 그려. 네 말도 맞구나. 맞어. 그때는 죽을 둥 살 둥 힘들게 살아왔는데 돌이켜 보니 다 추억이 되는구나."

어머니 돌아가시기 전에 많이 나누었던 말이다. 내 시를 보고 어머니도 글쓰기에 관심은 가졌지만 끝내 글을 쓰지 못하고 2013년 3월에 다시 못 오실 먼 길을 가셨다.

그 무렵에 〈문해교실〉이라는, 어르신들에게 한글을 가르치는 곳에서 어머니와 같은 어르신들과 함께 할 기회를 얻었다. 나는 어르신들께도 어머니께 드렸던 똑같은 말씀을 드렸다.

"어르신들께서는 뭐든지 쓰기만 해도 역사의 기록이 될 거예요.
그러니까 그냥 살아오신 이야기를 그대로 전해 주듯이 쓰셨으면
좋겠습니다."

"어르신들께서 젊은 세대들한테 꼭 하고 싶으신 이야기 있잖아요.
누구나 할 수 있는 이야기 말고 어르신 당신만이 하실 수 있는 이
야기를 들려주듯이 쓰는 게 좋아요."

어르신 중에는 지팡이에 의지해서 강의를 들으러 오신 분이 계셨다. 동작도 굼뜨고 말씀은 어눌하지만 언제나 앞 자리에서 진지하게 강의를 들으시는 분이시다. 그 분이 말없이 강의를 듣더니 조심스럽게 쪽지를 내밀었다.

"이런 이야기도 시가 될 수 있을까?"

"무슨 이야기인데요?"

"6.25때 죽었다 살아났던 이야긴데, 이렇게 써도 되려나?"

어르신이 내민 쪽지에는 비뚤비뚤 서너 군데 맞춤법도 틀린 글이 쓰여 있었다.

꼭 하고 싶은 이야기

6.25 전쟁이 끝날 무렵인데 인민군 패잔병이 쫓겨 갈 때였다. 그때 우리집의 막내와 피난민의 막내가 바둑을 두고 있었다. 그때 멀리서 인민군을 보고 놀라서 우리 보고 피하라고 갑자기 뛰어 들어오신 어머니를 뒤쫓아 인민군이 쳐들어왔다. 우리는 이유도 모르고 인민군이 내민 총부리 앞에 벌벌 떨다 살려 달라고 빌어서 간신히 살아남았다. 정말 잊을 수 없는 공포였다. 지금도 그 생각만 하면 가슴이 너무 떨린다.

정리해 보니 이런 내용이었다. 나는 어르신의 글을 보면서 산문시로 풀어 헤치는 것이 훨씬 효과적이라는 생각을 했다. 그래서 얼른 컴퓨터에 있는 내 시 중에 어머니 이야기가 담긴 산문시를 불러와 PPT로 공개했다.

부모 마음

　사방공사 일당 벌러 새벽처럼 일 나가신 어머니 홀로
군입대 하는 막내를 위해 뿌연 먼지 날리는 동구밖 버스
꽁무니로 손 흔들던 아버지 의정부 보충대 고향으로 보내
는 사제복 소포에 그깐 돈 몇 푼이 더 중요하다고 남들은
입구까지 따라왔는데 아버지도 아닌 엄마는 새벽처럼 일
나가셨냐며 투정 가득 보낸 쪽지에 많은 눈물 흘리셨다며
돌아가실 때까지 평생 미안하다 미안하다 하시던 어머니
　아빠 인대가 끊어졌대나 봐 발목이 너무 아파 퉁퉁 부
었어 330킬로미터 밖 전지훈련지에서 핸드폰 타고 들려
오는 열일곱 살 딸아이 다급한 목소리에도 바로 달려가지
못하고 미안하다 미안하다 할 수밖에 없는 현실이 너무
무거워 뜬 눈으로 새우는 지천명 이제서야 겨우겨우 챙겨
보는 부모의 마음

"어르신들, 부끄럽지만 이 글 좀 읽어 봐 주실래요?"

그리고 내가 먼저 읽으며 따라 읽어 보라고 했다. 어르신들이 따라 읽
어 내려갔다.

"제가 쓴 시라 좋은 시라고 말할 수는 없습니다. 하지만 어르신들도 무
슨 내용인 줄 아실 거예요. 어머니는 제가 군대 가는 날도 새벽같이 일을
나가셨거든요. 앞 부분은 철없이 어머니 가슴에 못을 박았던 제 이야기예

요. 그리고 뒷 부분은 축구하는 작은딸의 이야기입니다. 엄마 없이 키우다 보니 다른 부모들처럼 제대로 응원도 따라다녀 본 적이 없었네요."

"에구, 그리고 보니 괜히 눈물이 나려고 하네. 남의 일 같지가 않아."

"부모가 다 그런 거여. 먹고 살려면 어쩔 수 없지. 자식은 또 자기가 부모가 되어 봐야 그 마음을 아는 거구."

딸 이야기를 하다 괜히 울컥해서 말을 잇지 못하자 어르신들이 거들어 주셨다. 나는 잠시 고개를 돌려 감정을 가다듬고 씨익 웃으며 말씀드렸다.

"괜히 청승을 떨어 죄송한데요, 여기서 말씀드리고 싶은 것은 시의 형식입니다. 앞 부분만이라도 한 번 읽어 보실래요. **'사방공사 일당 벌러 새벽처럼 일 나가신 어머니~'**"

나는 어르신들이 소리 내어 따라 읽게 하고 다시 말을 이었다.

"어때요? 소리 내어 읽다 보니 일정한 가락이이 생기죠? **이것을 운율 이라고 하는데, 대개 세 글사와 네 글자를 반복할 때 생거서 3.4조 율격 이라고 합니다.** 예전에 '홍길동전'이나 '토끼전' 같은 고전소설들이 다 이렇게 이뤄져 있어요. 사랑방에서 고전소설 읽어주시던 분들이 이렇게 운율을 타며 읽으셨던 기억이 있으신 분들도 계실 거예요."

"맞어, 나도 들었던 기억이 나."

어르신들이 이론적으로 그 뜻을 다 알아 들을 것이라고는 생각하지 않았다. 그래도 알아야 될 것은 말씀드려야 하겠기에 산문시에 대해 설명을 드렸다.

"문학작품에는 산문과 운문이 있습니다. 산문은 소설이나 수필처럼 줄글로 쓰는 것을 말하고, 운문은 시처럼 운율이 느껴지는 것을 말하죠. 그런데 시 중에는 모양은 소설처럼 줄글로 쓰지만, 운문처럼 글자수를 조정해서 운율을 느끼게 하는 시가 있는데, 그것을 산문시라고 합니다. 바로이와 같은 시를 말하는 것이죠. 한번 읽어보세요. 글자 수가 대개 세 글자와 네 글자로 이뤄져서 읽다 보면 시처럼 운율이 느껴질 거예요."

산문시는 사건을 중심으로 쓸 때 매우 좋은 방법이다. 나는 어르신의 이야기를 풀어내려면 산문시가 더 좋겠다는 생각을 했다. 그래서 어르신들께 산문시의 형식을 알려드리고, 조금 전에 어르신이 내민 쪽지의 글을 얼른 컴퓨터에 입력해서 PPT로 띄어 보였다.

"여기를 보세요. 지금 어르신의 글을 그대로 쓴 글입니다. 어때요? 그냥 이대로도 좋죠. 그런데 이대로라면 소설처럼 운율이 느껴지지 않으니까 그냥 산문이 되는 거예요. 그래서 운율을 살리기 위해 이렇게 살짝 몇 군데 손을 봐주면 어떨까요? 꼭 필요하지 않은 글자는 좀 빼주고, '~했다.'라는 말 대신에 '~했네.', 또는 '~했지.'로 살짝 바꿔 보는 겁니다."

꼭 하고 싶은 이야기

　6.25 전쟁이 끝날 무렵 패잔병이 쫓겨 가는데 우리집의
막내와 피난민의 막내가 바둑을 두고 있었지 인민군 보고
놀라 피하라며 갑자기 뛰어 들어오신 어머니가 의심스러
워 쫓아왔던 인민군한테 꼼짝없이 잡혀갔던 그 기억.
　총부리 앞에 벌벌 떨다 간신히 살아남아 겨우겨우 한숨
돌렸던 젊은 날의 공포.
　지금도 생각만 하면 가슴이 떨려…

"어때요? 이러니까 시 같지 않나요?"

"그러네요."

"그렇죠? 그러면 이제 제목을 볼까요? 제목은 주제를 담는 게 좋은데,
'꼭 하고 싶은 이야기'라는 이 시의 제목은 어떤가요?"

"……?"

　사실 이런 질문에 대답을 기다리는 것은 무리다. 어르신들은 강사를
대단한 존재로 보기 때문에 일방적으로 받아들여 당신의 의견을 내세우
는 경우가 드물다. 따라서 이럴 때는 대답을 기다리기보다 얼른 결론부
터 말씀드리는 것이 훨씬 낫다.

　"'꼭 하고 싶은 이야기'라는 제목도 물론 좋아요. 하지만 이 제목은
어르신들이 앞으로 할 이야기를 모두 포함하고 있어요. 앞으로 계속 이

런 이야기를 쓰셔야 하잖아요? 그러니까 이 시에는 이 시에 맞는 새로운 제목을 붙이는 게 좋아요. 자, 그렇다면 이 시에 맞는 가장 좋은 제목은 뭐가 있을까요?"

"……?"

"이 시를 보면 어르신이 젊었을 때 겪었던 공포라는 말이 있잖아요. 그러니까 이 시는 이렇게 **'젊은 날의 공포'** 라고 하면 어떨까요? 그리고 **'꼭 하고 싶은 이야기'** 는 이렇게 작은 제목으로 붙여보는 거죠?"

나는 얼른 컴퓨터 자판기를 두드리며 그 자리에서 제목과 부제를 달아가며 완성된 시를 보여 드렸다.

젊은 날의 공포
– 꼭 하고 싶은 이야기

김금순

6.25 전쟁이 끝날 무렵 패잔병이 쫓겨 가는데 우리집의
막내와 피난민의 막내가 바둑을 두고 있었지 인민군 보고
놀라 피하라며 갑자기 뛰어 들어오신 어머니가 의심스러
워 쫓아왔던 인민군한테 꼼짝없이 잡혀갔던 그 기억.
총부리 앞에 벌벌 떨다 간신히 살아남아 겨우겨우 한숨
돌렸던 젊은 날의 공포.
지금도 생각만 하면 가슴이 떨려….

"어때요? 이렇게 쓰니까 뭔가 좀 있어 보이지 않나요?"

그 자리에서 산문시가 어떻게 완성되는지를 보여드렸다. 그리고 이렇게 강조했다.

"이제부터 시가 쓰기 어려우신 분들은 먼저 이런 식으로 누군가에게 '꼭 들려주고 싶은 이야기'를 써 놓은 다음에 이렇게 살짝 글자 수를 맞춰 가며 산문시로 다듬어 보셨으면 합니다. 어때요? 잘 하실 수 있으시죠?"

산문시를 배우자 어르신들은 응어리를 풀어 놓듯 글을 써오셨다. 일 제식민지 치하, 8.15 해방, 6.25전쟁, 새마을운동, 산업화시대 등 격변의 시기를 거치며 한 생으로 5천년 역사에 겪을 수 있는 모든 일을 겪으신 분들의 이야기가 펼쳐지기 시작했다.

어르신들과 함께 하면서 눈시울을 붉히는 일이 다반사였다. 어르신들이 지금이야 담담히 글로 표현하지만, 그동안 얼마나 힘들었을지 느낄 수 있었다.

가슴에 묻어 둔 이야기

조원동

네 살에 엄마가 돌아가신 것도 모르고 집안 아주머니네

놀러 갔더니 아주머니가 "너 엄마 어디 갔니?", "우리 엄마, 방에서 자요." 짚신 신고 껑충껑충 뛰며 놀았더니 아주머니들이 울면서 "불쌍해서 어떡하나" 하셨네.

할머니가 저녁이면 "저것들 시집을 보내고 죽어야 할 텐데 어쩌면 좋을까" 하시더니 서울서 당숙모님이 아버지 재혼하라고 여자를 데리고 왔었네.

"저게 무슨 엄마냐?" 가라고 울면서 밖으로 나가며 "우리 엄마 어디 갔어? 빨리 와!" 하고 울었다고 집안 아주머니들이 이야기를 해 주시네.

조원동 어르신의 글을 보고는 그만 가슴이 먹먹해졌다. 그래서 조심스럽게 여쭤보았다.

"어르신, 지금은 괜찮으신 거죠?"
"그려, 가슴 아픈 이야기지만 이렇게 꺼내 놓고 보니 속은 후련하네."

이렇게 터지기 시작한 어르신들의 사연들은 계속 이어졌다. 야사로 기록되기에 충분한 것들이었다. 6.25전쟁을 겪지 않은 이들은 모를 사연들이 영상 속의 한 장면처럼 펼쳐지고 있었다.

전쟁통 결혼식

조원동

6.25난리에 인민군들이 와서 큰딸을 내놓으라고 하니 항아리에 숨었다가 나오니 물에 빠진 생쥐 같았네. 그런데 일주일도 안 돼 미군들이 와서 언니는 또 항아리에 들어가야 했네. 아버지가 시집이나 보내야겠다고 하니까 안 간다고 울던 언니도 그러면 미군에게 잡혀 갈 거야 하니 시집을 가는데 여기저기 부딪히는 미군이 무서워 수건을 쓰고 가마도 못 타고 걸어서 갔네.

문학은 쾌락과 교훈적 기능을 갖는다. 시를 읽고 대리만족을 느끼거나 위안을 삼는 것은 쾌락적 기능의 한 부분이다. '아, 나도 이렇게 살아야겠구나' 라는 삶의 의욕을 느끼는 것은 교훈적 기능이다. 쾌락적 기능만 있는 시도 문제지만 교훈적 기능만 있는 시도 좋지만 않다. 가장 좋은 것은 쾌락적 기능 속에 교훈적 기능을 녹여내는 것이다. 즉 작품을 통해 대리만족을 느끼며 스스로 감동을 받아 '아, 나도 이렇게 살아야겠구나' 라고 교훈적 의미를 받아들이게 하는 것이 좋은 작품이다.

전쟁통 모내기

조원동

1.
난리통 가뭄에
농사 짓느라

아버지 어머니
열네 살 나하고

웅덩이 물 퍼서
한 마지기 모내는데
일주일이 걸렸네

2.
언니는 집에서
밥 빨래
어린 동생 돌보고

할머니 밥광주리
머리에 이고
들로 일터로

하늘 위엔
제트기가
쌩쌩

어른들은 거의 교훈적 기능에 치중한 작품을 쓰는 경우가 많다. '우리는 어려운 나라에서 힘들게 살았으니까 너희는 살기 좋은 나라에서 더욱 열심히 살아야 한다'는 식으로 결론을 내는 글을 많이 쓰셨다. 물론 이런 글들도 필요하다. 하지만 이런 글은 여러 편을 모아 놓으면 뻔한 스토리로 전개되기에 재미도 없고, 교훈적 요소는 반감될 수밖에 없다. 또한 정작 이 글을 읽어야 하는 아이들은 어른들의 이런 뻔한 글을 접하게 되면 '또 그 소리인가 보다'라며 더 이상 읽으려 들지도 않는 경우가 많다.

내가 〈소통과 힐링의 시창작교실〉을 하면서 가장 경계한 것이 이런 글이다. 교훈적인 글은 잔소리로 비치기 쉽다. 따라서 잔소리꾼이 되지 않으려면 표현기법을 배워야 한다. **진정 교훈을 주고 싶다면 그냥 있는 그대로 보여주는 것이 좋다.** '나는 이렇게 살아왔으니 너희도 이렇게 살아야 한다'는 식으로 결론을 내는 것은 결코 좋은 글이 아니다.

독자는 글을 읽는 가운데 심금을 울리는 이야기를 오래 기억한다. 따라서 진정으로 젊은 세대에게 교훈을 주고 싶다면 있는 그대로 보여줘서 심금을 울려야 한다. 쾌락적 기능을 제공해서 젊은 세대가 스스로 교훈적 기능을 찾을 수 있도록 해야 한다.

눈물로 쓰는 이야기

이상목

할아버지는 산에서 나무를 베어 지게를 만들어 파셨네.

산림간수가 "콩밥 드시고 싶으세요" 하길래 언니에게 "콩
밥이 뭐야?" 물으니 "할아버지 잡아간다는 소리야"라고
하네. 그때 할아버지 "잡아 가, 애비 없는 새끼들을 키워
준다면 내가 어딘들 못 가겠냐?"

그러자 산림간수는 오히려 지게 막대기를 깎아 주었네.
다음에 또 와서 "할아버지, 이제 그만 하세요" 하니 할아
버지는 "저것들 클 때까지만" 하시고 우리는 부엌 뒤로
가서 말없이 울기만 하고….

그때 내 나이 열한 살이었네.

이 시는 어떤가? 어르신은 아버지를 일찍 여의고 할아버지 품에서 자
라셨다. 그래서 어렸을 적 할아버지하고 있었던 추억을 많이 써 오셨다.

어르신은 또한 서른다섯에 남편을 잃고, 4개월짜리 유복녀를 포함해
5남매를 홀로 키우셨다. 배우지 못해 글은 읽을 줄 몰랐어도 시장에서
장사를 하며 질긴 생명력을 보여주셨다.

서른다섯에 남편 잃고

이상목

장사 치르고 나니
어린 이남삼녀
키울 길 없어

남은 돈 팔백 원
멸치 두 포
장사 밑천

시장통 따뜻한 이웃
힘을 얻어 서울
중부시장으로
오르락 내리락

온갖 건어물 사다 팔아
땅 사고 자식들 공부시켜
시집 장가 보내니

글 몰라 고생하던 기억들
이제 걱정 없이
공부로 여생 보내네

"지난 밤에 이 글 쓰면서 얼마나 울었는지 몰라."

어르신은 간밤에 쓴 글을 조심스럽게 내밀며 멋쩍은 미소를 짓곤 하셨다. 나 역시 그런 경험을 수없이 했기에 공감의 표정으로 조심스럽게 여쭤 보았다.

"어르신, 지금은 어떠세요?"

"뭔가 가슴에 응어리 하나가 뚝 떨어지는 느낌이었지. 하긴 이 기분에
또 밤 새워 글을 쓰고 있는 거지."

　시 한 편을 완성시키기 위해 밤을 새우고, 과거의 기억을 떠올리며 한
없이 눈물을 흘리셨다는 어르신의 말씀은 글쓰기 치유의 과정을 잘 보
여주고 있다. 한 편의 시를 통해 나도 모르게 몰입하며 눈물을 흘리게
만드는 것이 힐링의 과정이라면, 쑥스러움을 무릅쓰고 그 시를 발표하며
공감대를 형성해 나가는 것은 소통의 과정이다.
　나도 그 마음을 안다. 가장 힘들었던 시기에 한 편의 시를 쓰기 위해
밤을 새웠고, 어떨 때는 너무 가슴이 답답해 한없이 울었던 적도 많았
다. 하지만 어느 정도 시기가 지나다 보니 마음 속 응어리가 풀어지는
경험을 했고, 세상 사람이라면 누구나 다 거기서 거기라는 위안을 얻을
수 있어서 좋았다.

　"무슨 좋은 일이 있어?"

　시를 쓰고 난 다음에는 주변 사람들이 이렇게 물었을 정도였다. 알게
모르게 기쁨이 얼굴로 표현되면서 사람들이 뭔가 좋은 일이 생긴 것처
럼 여긴 것이다.
　이제 어르신들도 내가 경험했던 것을 경험하고 계신 것이다. 수업 시
간에 한 편의 시를 완성시키면 그 뿌듯한 성취감으로 온 몸에 마냥 행복

한 기운이 풍기기 시작했다.

배우는 즐거움

김순자

여자는 이 다음에 부잣집에 시집가서 배부르게 쌀밥만
먹으면 된다며 학교 문턱에도 못 가게 하셨던 부모님
흉년 들어 먹고 살기도 어렵고 설상가상으로 보릿고개
찾아오니 너무나도 힘들어 배운다는 것은 상상조차 할 수
없었네
이제 지난 육십육 년 되돌아 보니 눈물이 나네 글을 몰
라서 정말 힘들었네 은행에 볼 일이 있어서 갔는데 "아주
머니 무엇 하시러 오셨나요?" 물어 보는 소리에 창피해서
"글씨를 몰라요"말 못하고 그냥 집으로 돌아와야 했던 아
픈 기억들 생생하네

**똑같은 글이라도 시인이 세상을 어떻게 바라보느냐에 따라 시가 되기
도 하고 넋두리가 되기도 한다.** 대책 없이 자신의 삶에 대해 한탄하는
내용으로 독자에게 부정적인 영향을 끼친다면 그것은 시라기보다 넋두
리라고 봐야 한다.

김순자 어르신의 시에는 소소한 일에 행복을 담아 노래하는 영혼이
깃들어 있다. 가난한 집안의 여자로 태어나 제대로 배우지 못해 66년 동
안 힘겹게 살아온 삶의 흔적조차 해맑은 소녀의 감성으로 빛나고 있다.

자칫 넋두리로 빠질 수 있는 이야기들을 섬세한 감성으로 풀어내면서 긍정적으로 세상을 노래하는 아름다운 마음을 선사한다.

남편의 사랑

김순자

　문해교실에 가는 길 추우면 춥다고 데려다 주고 더우면 덥다고 차 태워주고 눈이 오면 미끄럽다고 비 오면 옷 젖는다고 날 좋으면 햇살 좋다고 항상 데려다 주네
　영어 한자 공부하다 어려운 것 나오면 가르쳐 주고 맞춤법 틀리면 함께 가슴 아파하고 글을 쓰면 누구보다 먼저 읽어 주고….

10화

눈물로 꾹꾹 눌러쓴 어르신들이 일대기

노 을

1.
별 길로 가는 걸음
하루의
전별인가

머물다
떠나는 일
익숙할 법도 한데

은은히 가슴 적시는
별리의
담수채화

2.
피할 수 없으면
즐기리라

다짐했건만

황홀경 혼줄 놓고
헤살 짓다
눈이 멀어

애틋한 상흔 보듬고
가뭇없이
토하는 피

3.
중천에 이글이글
제 아무리
혹독해도

삼라만상 찰나지간
견딜 만큼
준다더니

그렇지 여기 이렇게
쉬어 갈 공간
펼쳤구나

　문해교실에서 만난 어르신들은 항상 조금이라도 더 배우려는 자세로
임했고, 배운 것이 있으면 하나라도 더 실천하려고 애쓰셨다. 그러다 보

니 시창작교실은 항상 즐거운 기운이 넘쳐 흘렀다. 그 속에서 어르신들은 자신의 삶에 진실한 모습을 그려 나갔고, 그 어려운 글쓰기를 배우는 기쁨으로 채워나갔다. 세상에 그 누구도 쓸 수 없는, 어르신들만이 쓸 수 있는, 어르신들만의 이야기를 시로 쓰면서 항상 뭔가 해냈다는 성취감으로 가득 차 있었다.

그동안 수많은 강의를 해보았지만, 어르신들처럼 배움의 열정이 넘친 자리는 없었다. 때로는 눈물이 앞을 가로막아 먹먹한 가슴을 달래기 위해 잠시 숨을 골라야 했던 적도 많았다. 그 속에는 일제식민지 치하, 8.15 해방, 6.25전쟁, 새마을운동, 산업화시대 등 격동의 시기를 살아오신 어르신들의 이야기가 오롯이 담겨 있었다.

오빠 징병 가던 날

이점종

군방 색 군복
하얀천에 빨간 무늬
어깨띠 두르고

가지런히 친 각반
우리 오빠 멋있다고
철없이 매달리던
일곱 살

옆을 돌아보니
우리 홀엄마 온몸에
눈물 젖었네

어느덧 칠십 년 전
생각만 해도 눈물 나는
아픈 기억

일곱 살 어린 나이에 징병 가는 오빠가 멋있다고 매달렸던 기억을 돌려보는 어르신의 마음은 어땠을까? 당신은 마냥 좋기만 한데 어머니가 왜 눈물을 짓는지 몰랐던 철부지의 기억이 결코 유쾌하지는 않았을 것이다. 하지만 어르신은 표현했다. 이렇게 표현함으로써 가슴 속에 품고 있었으면 그냥 개인의 기억으로 사라졌을 이야기를, 식민지 치하를 살아 보지 못한 나 같은 사람에게 그 당시의 역사를 생각해 보게 하는 소중한 사료를 남겨 주셨다.

"에구, 지금이야 이렇게 쓰고 웃지만, 그때 생각만 하면 얼마나 눈물이 나는지 몰라유."

한 자리에 모이신 많은 어르신들이 입버릇처럼 이야기하셨다. 같은 시대를 살아오시고, 똑같이 글도 모른 채 오랜 시간을 살아 왔다는 공감대가 형성된 어르신들이라 그만큼 친밀도도 높았다. 그래서 그 어느 자리보다도 당신들의 진솔한 이야기를 털어 놓을 수 있었다.

막내아들

송희균

1.
내 나이 서른다섯
남편 교통 사고
날벼락

겨우 두 돌 막내 안고
영안실 남편
하늘이 무너졌네

육남매 저 새끼를
어찌하면 좋을는지

2.
내가 미쳤지
아빠 죽인 놈이라고
젖도 주지 않았으니

암만 생각해도
죄스러워

내 가슴에
한이 남네

3.
그렇게 자란 아들
이제는

엄마 집 사주고 다달이
용돈 주고
병원비 다 주니

세상에 아버지 소리도
못해본 아들아
고맙고 미안하다

　　서른다섯에 교통사고로 남편을 잃고, 두 돌 갓 지난 막내를 포함한 육
남매를 키워오신 이 땅의 진정한 어머니, 20여 년 전 먼저 떠난 따님이
남기고 간 외손주의 결혼식을 보며 외손주 며느리가 사준 보르네오 침
대 하나에 행복을 노래하시는 어르신, 그 무엇보다 노후에 한글공부 하
시는 즐거움으로 공부방이 있는 경로당의 활기를 채워 주시는 어르신의
모습은 정말 많은 것을 느끼고 생각하게 한다.

　　멋진 노후를 위해

　　　　송희균

네 시에 일어났네요

시내로 시
공부하러 가려고

내 나이 여든 둘
그래도 괜히 좋네요
어려서 소풍 가는 기분

노인네들아
집에만 계시지 말고
시 공부하러 갑시다

거기 가서 공부하면
치매도 안 걸리고
지혜도 생기지요

멋진 노후
별거 있나요

    똑같은 말이라도 누가 하느냐에 따라 그 뜻은 다르게 들린다. 평생을 뼈 빠지게 가난과 빚더미 속에 살았던 사람이 죽어가면서 "돈이란 다 쓸모가 없다"고 하는 말과 평생 온갖 부귀영화를 누리던 사람이 말년에 똑같이 하는 말이 다른 뜻으로 들리는 것은 어쩔 수 없다. 맛보지 못한 사람이 하는 말은 결코 그 뜻이 진실성 있게 다가오지 않기 때문이다.

    시는 시인의 삶을 그대로 드러내는 것이라 더욱 그렇다. 아무리 미사

여구로 이뤄진 시라 하더라도 시인의 삶과 동떨어진 내용이라면 그 시
는 결코 가슴에 와 닿지 않는다.

여든넷을 살아 보니

박용화

새벽에 운동 가니
낙엽이 떨어지네

추워서 옷깃 여미는
사람들 속에
운동을 하고 나면
몸과 마음 상쾌하네

하루도 안 빠지고
운동하니 좋네

꾸준한 운동이 건강에 좋다는 말은 누구나 할 수 있다. 그러나 84세
에도 밝은 미소와 탱탱한 피부를 간직하신 어르신이 들려주는 경험담은
똑같은 말이라도 그 뜻이 다르게 들릴 수밖에 없다. 그런 점에서 운동에
관한 시 중에 박용화 어르신의 시만큼 진실성 있게 다가오는 것도 많지
않을 것이다.

어디 그뿐인가? 팔순 넘기신 어머니가 환갑 넘긴 아드님에게 뒤늦게

배운 한글로 또박또박 건강하고 조심하라고 꼭꼭 눌러쓴 편지만큼 진실
성 있게 다가오는 글이 얼마나 될까?

아들에게

박용화

사업하느라 힘들지
항상 보고 싶다

술은 안 먹을 수 없지만
먹어도 조금만 먹고
너도 이제 환갑 넘겼지
나이 생각해서
건강 챙겨라

차 조심하고
잘 다니거라

사랑한다
아들아!

가난한 집안의 구남매 중 맏딸로 태어난 신춘자 어르신도 마찬가지다.
학교에 보내주겠다는 일념으로 어린 여동생을 시집에 데려왔지만, 현실

은 전혀 그러지 못해 고생만 시켰다는 죄책감을 이보다 적나라하게 표현한 시가 또 어디 있을까?

내 동생 경자

신춘자

구남매 중 둘째딸 내 동생 학교 보내려고 친정에서 시집
에 데려 왔는데 언니 자식 돌보느라 학교도 졸업 못해 남
몰래 부뚜막에 앉아 집에 가고 싶어 울던 내 동생 언니
힘들까 봐 내색 안 하던 내 동생 그런 동생을 보는 내 마
음은 너무너무 아팠지만 그럴 수밖에 없는 현실에 나도
눈물 흘렸네

세상에 태어난 지 15일만에 딸을 잃은 어르신, 그러면서도 세상을 원
망하기보다 고향집의 추억을 아름답게 노래하시는 마음씨, 아버지가 어
쩌다 사주신 고무신이 닳을새라 품에 품고 잤던 순수한 유년을 품고, 어
느덧 예순여섯 해를 넘겨 배우기 시작한 한글로 담담히 지난 시절을 노
래하는 모습이 아름답게 다가온다. 그야말로 고전 시가(詩歌)에 담겨 있
는 고려가요의 주인공인 전통적 아낙네의 모습이 떠오른다.

열다섯 무렵

신춘자

큰 느티나무에 그네를 맺네
긴머리 따서 빨간 댕기 묶어
노란 저고리 치마
그네를 탔네

바람이 솔솔
속치마 살짝살짝

동네 총각들
눈 떼지 못하네

　매번 밤을 꼬박 새우며 완성한 시를 내밀며 수줍게 웃어주시던 어르신, 괜히 시를 쓰려면 옛날 생각이 나서 가슴이 답답해 져서 울기도 많이 우셨다는 어르신, 그래도 한 편의 시를 완성시켜 놓고 나면 뿌듯한 마음이 든다는 어르신의 말씀에서 시창작이 소통과 힐링에 얼마나 큰 힘을 발휘하는지 온전히 느낄 수 있었다.

꼬꼬닭이 울면

신춘자

꼬꼬닭아 울지 마라
날이 새면 아가 운다

우리 엄마 어디 갔어요

엄마는 쌀광 밑에
삶은 팥 싹이 나면 온단다

그게 언제인데요

뒷동산에 매화꽃이
피면 올려나

꼬꼬닭이 울면
날은 새는데

  손님이 오면 나는 굶더라도 먼저 손님의 배를 채워 주는 것이 우리 민
족의 정이었다. 배고픈 사람이 배고픈 사람의 마음을 더 잘 안다. 역경
을 겪어 본 사람이 역경에 처한 이웃을 더욱 생각해 준다.

집에서는 당신도 존경받는 어르신이지만 경로당에서는 자신보다 연세 많은 분들을 깍듯이 대하는 김숙희 어르신은 그런 민족의 정서를 그대로 실천하고 계신다. 백 마디 말보다 한 번의 실천으로 더 많은 것을 느끼게 하는 분이시다. 그 분의 심성이 한 편의 시에 고스란히 담겨 있다.

이웃을 생각하며

김숙희

눈이 온다
시골 외길에

또 온다
쓸고 쓸어도

눈길 조심하라고
쓸고 또 쓴다

내 집 앞 눈도 치우지 않는 요즘에 정말 아름다운 마음이다. 김장을 해도 나눠 먹고, 옥수수 씨앗 하나를 뿌려도 더 많은 열매를 맺기 위해 썩어야 하는 종자의 삶을 떠올리며, 꽃을 키워도 자식 같은 마음으로 키우시는 어르신의 마음이 그대로 드러난 시를 읽는 마음은 따뜻하기만 하다.

Part 4

시로 하나 되는
소통과 힐링의 자리

내가 가진 문제가 사회 문제의 일부임을 알게 되는 것이 중요

하다. 개인의 상처를 단지 개인의 문제로만 국한시키려는 심

리학의 한계를 벗어나는 일이 바로 공유의 장에서 이루어지

기 때문이다. 개인적인 것이 가장 정치적인 것이다.

— 박미라의 '치유하는 글쓰기' 중에서

11화

아이들과 시로 소통하며 행복을 추구하다

아버지로 산다는 것

웃어야 할 이유를 알겠다
왜라고 왜 그러냐고
말할 필요 없다는 것도

전부가 있기에
가족이라는 이름의
든든한
의지가 있기에

세상 포근히
웃어야
웃어야 할
이유를 알겠다

"혼자서 아이들 키우기 힘들지 않아요?"

"아빠가 혼자 키우기는 정말 힘들 텐데 괜찮아요?"

근 10년 동안 내가 가장 많이 들었던 말이다. 초기에는 이런 말을 듣기 싫어 사람 만나는 것을 피하곤 했다. 그러다 보니 혼자 고립되는 시간이 많아졌고, 자연스레 친구들과도 관계가 소원해지기 시작했다. 참, 힘든 시기였다. 아무리 좋게 받아들이려 해도 상대방이 선입견을 갖고 본다는 것이 정말 부담스러웠다. 그러던 중에 아빠인 나마저 이러면 "엄마, 없이 힘들지 않냐?"는 말을 들었을 때 아이들은 어떻게 해야 할까 생각하니, 정말 이렇게 살아선 안 되겠다는 생각이 들었다. 상대의 말을 나에 대한 선입견이 아니라 진정으로 나를 위해주는 말로 들어야겠다고 생각했다. 그랬더니 한결 마음이 편했다. 어떤 말을 들어도 웃어주며 아무렇지 않게 받아들일 정도가 되었다.

그때 큰 힘을 준 것은 두 딸이었다. 두 딸이 곁에 있다는 것만으로도 힘이 생겼고, 어떻게든지 세상과 부딪혀 살아야 할 동기가 충분했다. 힘들 때마다 두 딸을 생각하면 힘이 솟곤 했다. 아빠로서, 집안의 기둥으로 자리 잡아야 한다는 각오도 생겼지만, 무엇보다 재롱을 부리며 아빠의 존재감을 일깨워주는 딸들이 마냥 고맙기만 했다. 그래서 더욱 웃기 시작했고, 딸들에게도 웃으며 살자고 강조하곤 했다.

어느 날 4학년인 작은딸이 학교 축구대회에서 탄 거라며 우승상, 득점상, 최고선수상이라는 글자가 선명한 금메달 세 개를 가져왔다.

그 순간 말로는 축하한다고 했지만 속으로는 가슴이 철렁했다.

'아이가 축구를 하겠다면 어떻게 해야 하나?'

인근 초등학교에 전국에서 알아주는 여자축구부가 있기에 고민하기 시작했다. 주변 사람들에게 딸이 축구를 한다면 어떻게 해야 할지 모르겠다며 조언을 구하기 시작했다.

"아이에게 선택권을 줘야지. 아이가 스스로 선택했다면 설사 축구로 성공하지 못해도 자기 인생은 자신이 알아서 살아갈 거야. 하지만 아버지가 아이의 선택권을 빼앗으면, 아이는 아빠에게 의존도가 커질 뿐이야. 끝까지 아이의 인생을 책임져 줄 수 있다면 몰라도, 그렇지 않다면 아이가 선택하도록 하고, 그 선택을 존중해 주도록 하게."

여러 분의 조언 중에, 특히 존경하는 교수님의 말씀을 듣고 아이의 선택을 존중해 주는 것이 최선이라고 생각했다. 그렇게 마음의 준비를 하고 있는데, 그해가 저물어 가는 크리스마스 이브에 축구 감독님한테 아이 문제 때문에 만나고 싶다는 전화가 왔다.

사흘 후에 감독님을 만난 자리에서 나는 아이가 이미 감독님뿐만 아니라 학교 체육선생님하고도 이야기를 다 마쳤다는 사실을 알았다. 아이는 그동안 아빠가 반대할까 봐 아무 말 않고 눈치만 보고 있었던 것이다. 아이에게 뒤통수를 한 대 맞은 기분이었다. 감독님과 헤어진 다음에 작은딸에게 진지하게 물었다.

"너, 솔직히 이야기 해. 축구가 좋아서 그런 거야, 집에 혼자 있기 싫어서 그런 거야?"

"아빠, 나 축구하고 싶어."

"그래도 하기 싫으면 언제든지 말해. 알았지?"

일하느라 아이 혼자 집에 방치해 두고, 때로는 제때 밥도 챙겨주지 못한 나 자신이 너무 미안했다. 며칠 후에 딸아이를 숙소로 보냈다. 아이가 숙소 생활을 하면 적어도 세 끼 식사는 잘 챙겨먹을 수 있다는 것으로 위안을 삼으며 그 선택이 최선의 선택이기만을 바랐다.

아이를 숙소에 보내놓았지만, 그 후로 나는 작은딸의 뒷바라지를 전혀 할 수 없었다. 훈련장은커녕 경기장에도 응원을 거의 나가지 못했다. 당장 먹고 살기 힘들어 학부모 모임에도 얼굴을 거의 비칠 수 없었다. 그저 감독님만 믿고 아이를 맡겼을 뿐이다. 그런데도 아이는 제법 축구를 했나 보다. 고학년일 땐 팀에서 주장을 맡았고, 중학교 때는 MVP를 수상하기도 했다.

땡볕 아래 보듬는 어린 꿈

섭씨 34도 나무 그늘 하나 변변찮은 인조구장 열여섯
살 딸아이 축구공 하나 이리 차고 저리 뛰며 엎어지고 나
뒹구는데 헉헉 관중석에 앉아 있는 것만으로도 숨 가쁜
한낮의 응원가

졸이고 졸이는 폭염 속 세상에 무엇 하나 쉬운 일이 있
으랴만 어쩌다 여기까지 왔는지 애타는 마음 다치지 마라
몸만 성하거라 이왕 하는 거면 잘 하라 응원은 한다마는
땡볕 속에 타오르는 애처로움 어쩔 수 없어
　　국가대표 꿈이라며 새까만 얼굴 성한데 없는 몸으로 간
혹 터트리는 기막힌 패스와 슈팅을 봐도 얼마나 힘들었을
까 저렇게 하기까지 안쓰러움 털어내려 오버 액션으로 목
청 높이며 땡볕 아래 보듬는 딸아이의 어린 꿈
　　헉헉 뜨겁고 뜨거워라

내가 할 수 있는 일은 어쩌다 시간이 될 때 응원을 갈 뿐이었다. 간혹
아이를 안쓰럽게 지켜보는 마음을 시로 표현할 뿐이었다.

"아빠, 걱정하지 마. 열심히 할게."

시를 본 딸이 아빠를 위로하고 있었다. 정말 고마울 뿐이었다. 그러던
딸이 고등학교에 진학하고 전지훈련을 갔다가 발목을 크게 다치고 말았다.

"아빠, 발목이 너무 아파. 큰 병원에서 수술을 해야 할 것 같아."

전화기를 타고 들려오는 아이의 목소리는 완전히 울상이었다. 마침 강
의가 있어서 도저히 시간을 낼 수가 없었다. 나는 데리러 가지 못해 미
안하다며 알아서 오라고 했다. 아이는 목발을 짚은 채로 버스를 타고 와

야 했다. 큰 병원에 가서 MRI를 찍어보고 수술을 했으면 하는 아이의 말을 무시하고, 가까운 시내의 병원으로 데려갔다. 병원에서는 발목 상태만 보고 "이 정도는 수술이 필요없다."며 반 깁스만 해줬다.

하지만 그것은 아이가 축구선수라는 특수신분을 이해하지 못한 큰 잘못이었다. 아이는 그 후로 그 부위를 계속 다치면서 그해 9월까지 거의 운동을 하지 못했다. 나중에서야 정신을 차리고 수술이라도 해주려 했지만, 이미 시기를 놓쳤다는 말만 들어야 했다.

아이는 일 년 가까이 부상에 시달리며 주전 경쟁에서 밀렸고, 정말 힘든 시기를 보내야 했다. 다른 부모들처럼 뒷바라지도 못해주면서 부상마저 제대로 치료해주지 못한 그 죄책감을 어떻게 달랠 수 있을까? 내가 할 수 있는 일은 그저 아이의 입장을 헤아려 주고 마음으로 응원을 해주는 것이 전부였다. 그래서 더욱 아이를 위한 시를 쓰기 시작했고, 그것으로 아이와 소통을 시도했다.

슬럼프 슬럼프인 거야

열심히 하는데 잘 하려고 하는데 그만 두랄까 봐 힘들어 하면 당장 그만 두랄까 봐 눈치 보며 울지도 못하고 먹먹한 가슴 달래는 아이야 울어라 맘껏 울어라 슬럼프 슬럼프인 거야 전부를 걸어 본 적 없기에 한 번도 슬럼프 겪어 본 적 없는 아빠는 말로 즐겨라 즐겨라 토닥토닥 할 수밖에 없는 짧은 지식이 너무 아프다
울어라 맘껏 울어라 아이야 지금은 지금은 슬럼프인 거야

가장 개인적인 것이 가장 사회적인 것이다. 이런 신념으로 소통과 힐링의 경험을 묶은 〈아버지로 산다는 것〉이라는 시집을 발간했다. 시집을 발간하고 나서 나는 자식을 걱정하는 부모의 마음은 누구나 다 같다는 것을 확인할 수 있었다. 많은 분들이 내 시집에 공감하며 사랑해 주기 시작했다. 특히 평생학습 현장에서 만난 많은 어머니들이 공감하며, 자녀와 소통하는 시에 관심을 갖고 적극적으로 호응해 주셨다.

그리고 무엇보다 시집을 내고 얻는 가장 큰 수확은 바로 작은딸의 마음을 얻었다는 것이다. 시집을 발간한 지 얼마 안 있어 주말에 외박을 나온 딸이 갑자기 품에 안기며 울기 시작했다. 갑작스런 딸의 행동에 놀라 꼭 끌어안았다. 또 어디 부상이라도 당한 것일까? 가슴이 철렁했다. 그때 딸이 눈물을 훔치며 말했다.

"아빠, 내가 아빠 시집을 보고 얼마나 울었는지 알아?"
"왜? 아빠가 뭐 잘못한 것 있니?"
"아니, 그냥 감동이었어!"
"……?"
"아빠, 나는 걱정하지 마. 내 일은 내가 잘 알아서 할게."

지나치게 헌신하는 부모 밑에서 자란 아이들은 어른이 되면 정서적으로나 심리적으로나 자기 부모와 비슷한 문제를 겪는다.

– 토니 험프리스의 '가족의 심리학' 중에서

그 무렵 나는 두 딸의 아빠로서 부모교육에 더욱 관심을 가졌고, 자녀교육과 관련된 강좌와 책을 많이 접했다. 그 중에 만난 토니 험프리스의 〈가족의 심리학〉은 내게 많은 도움을 주었다.

나는 지금도 작은딸이 진정으로 축구를 좋아해서 축구부에 들어간 것이 아니라, 엄마 없는 빈 집에 혼자 있는 것이 싫어서 숙소로 들어간 것이 아닌가 생각할 때마다 그저 미안할 따름이다. 그런데 토니 험프리스는 이런 나에게 괜한 걱정하지 말라고 했다. 지나치게 헌신하는 것이 더 안 좋을 수 있다며, 먼저 아이와 소통하며 좋은 관계를 이어가는 것이 더 중요하다고 했다.

이 얼마나 큰 위안이던가? 대신 나는 미안한 만큼 더욱 딸들에게 그 마음을 전하는 시를 썼고, 다행히 그것을 본 딸들은 아빠의 마음을 헤아려주는 것 같아 그저 고마울 뿐이다.

"아빠, 오늘은 아빠를 꼭 보고 싶으니까 집에 있어 줘."

어느 일요일 아침, 작은딸의 전화를 받았다. 그동안은 외출을 받으면 "아빠, 오늘 외출인데 시간 어때?"라며 아빠의 일정을 먼저 확인했는데, 이 날만큼은 꼭 집에 있어 달라는 것이었다. 다행히 특별한 일정이 없어 알았다며 아이를 기다렸다. 몇 시간 후, 문을 열고 들어온 딸아이가 갑자기 품에 안기며 울기 시작했다.

"아빠, 아빠는 제발 죽지 마."

처음 있는 일이라 깜짝 놀라며 품에 안긴 아이의 등을 두드리며 울음이 그치기를 기다렸다. 알고 봤더니 어제 다른 학교로 간 1년 선배의 아빠가 심장마비로 갑자기 돌아가셨다는 것이다. 그래서 아빠 생각이 나서 집으로 달려왔다는 것이다.

"걱정하지 마. 아빠는 네가 시집가고 엄마가 돼서 혼자 살 수 있을 때까지 절대 죽지 않을 거야. 그러니까 쓸데없는 걱정하지 말고 지금 있을 때 잘 하자. 알았지?"

어느덧 내 나이도 죽음을 생각할 때다. 각종 질병이나 사고로 엊그제까지 잘 지내던 친구들이 갑자기 세상을 떴다는 부음을 받고 있지 않은가? 나는 이런 사실을 떠올리며 어느 정도 울음을 그친 딸아이의 두 눈을 바라보고 말했다.

"그런데 현실은 뜻대로 되지 않는 게 있다는 거 알지? 질병과 사고는 불가항력일 때가 많잖아. 아빠도 열심히 노력은 하지만 언제 어떻게 될지 모르잖아. 그러니까 우리 괜한 걱정하지 말고 지금 이 순간을 웃으며 살자. 알았지?"

아이는 눈물범벅이 된 얼굴을 손으로 쓱 문지르더니 씨익 웃어 주었다. 그러더니 아빠를 위해 한 마디 해주었다.

"아빠, 나 사실 울지 않으려고 했거든. 그래도 내게는 아빠가 있잖아. 친구들이 아빠 시를 보고 좋은 아빠라고 말해 주거든. 그러니까 아빠, 정말 오래 살아줘야 해. 나중에 내가 정말 잘 해줄게."

나는 딸을 꼭 끌어안고 절대로 쓸데없는 걱정하지 말라며 눈시울을 붉혔다. 우리는 이렇게 소통하며 서로에게 든든한 의지가 되고 있었다.

"혼자서 아이들 키우기 힘들지 않아요?"
"아빠가 혼자 키우기는 정말 힘들 텐데 괜찮아요?"

다행히 요즘은 이런 질문을 거의 받지 않는다. 이미 두 권의 시집과 서너 권의 자기계발서를 통해 내가 아이들과 소통하는 글쓰기로 소소한 즐거움을 누리고 있다는 것을 아는 이들이 많기 때문이다. 이것 역시 글쓰기가 내게 준 소중한 선물 중의 하나다.

가 족

말이 없어도
하늘이
든든한 이유를 알겠다

산이 바위가
나무가

굳건히
뿌리 내린
힘을 알겠다

결코 변함없다는
믿음이 충만한
생의 근원

꽃씨 단단히
영그는
계절의 마음도 알겠다

12화

아픔을 보여주니 마음을 열어주다

도드람산을 보며

왜 –
"예!"
라고 못했을까?

칠십 평생 지척에 살며
이름만 들었다는
아버지

눈 감기 전에 한 번쯤
올라 보고 싶다
하실 때

나는 왜
반나절
마음조차 못냈을까?
산은

기다리는데
변함없는 자리인데

이렇게
사무칠 줄이야
가슴 아릴 줄이야

"선생님, 효자죠?"

방과후교실에서 초등부 4학년부터 중등부 2학년까지를 대상으로 '소통과 힐링의 글쓰기교실'을 했을 때였다.

수업 시간에 '도드람산을 보며'라는 시를 본 학생이 뜬금없이 물었다.

"왜, 그렇게 생각하는데?"

"이 시를 보니까 괜히 그런 생각이 들어서요. 효자니까 이런 시를 쓸 수 있겠죠?"

"후후, 그러니까 괜히 찔리잖아? 진짜 효자라면 어떻게 이런 시를 쓰겠니? 부끄러워서 못 쓸 거 같은데…."

"그러면 선생님은 왜 이런 시를 쓰셨어요?" "그냥 아버지 돌아가시고 나니 후회가 돼서 쓴 거지. 살아 계셨을 때 말씀을 잘 들었으면 어땠을까? 그냥 이런 아쉬움이 많이 남아서…."

"그러니까 효자 아닌가요?"

"후후, 그런가? 그렇게 봐주니 고맙네. 하긴 한편으로 효자처럼 보이고도 싶었지. 너도 이 시를 보고 효자라고 생각하듯이, 다른 이들도 시를 보고 나를 효자처럼 봐주니 기분이 나쁘진 않더라."

"에이, 그러면 그건 사기 아닌가요?"

"왜?"

"저 같은 사람은 그냥 효자라고 믿어 버리잖아요."

"그래서? 그렇게 믿어서 네가 손해 보는 것 있어?"

"아뇨, 그건 아니지만…."

"혹시 이런 말 아니? 행복한 사람은 정말 행복해서 웃는 것이 아니라 웃기 때문에 행복한 일이 생기는 거라는 말?"

"예, 저도 그 말은 알지만 그게 말처럼 되나요? 선생님은 지금 행복한 일이 없는데 억지로 웃을 수 있어요?"

"그래도 행복하다고 생각하고 웃는 게 좋잖아? 그래서 나도 이것을 흉내 내서 이런 시를 써 본 거야. 효자라서 이런 시를 쓴 것이 아니라 이런 시를 쓰다 보면 나도 언젠가 효자처럼 되지 않을까 싶어서."

아이는 잠깐 생각하더니 재차 물었다.

"선생님, 그러면 시를 쓰면 돈 많이 벌 수 있어요?"

갑자기 아이가 진지하게 묻기에 나 역시 진지하게 답했다.

"후후, 돈은 좀 그러네. 시는 당장 돈이 되지는 않으니까. 하지만 이것만은 분명히 말할 수 있어. 시를 쓰다 보니까 주변 사람들이 좋게 보고, 좋은 강의도 만들어 주더군. 설사 돈이 아니더라도 어쩌다 너처럼 시만 보고 효자처럼 봐주는 사람도 있으니까 그냥 좋더라."

아이는 진지하게 뭔가 생각하는 듯했다. 나는 전체 아이들을 보고 이렇게 말했다.

"글은 나 자신을 드러내는 일이야. 좋은 내용을 담으면
좋은 사람으로 보이고, 나쁜 내용을 쓰면 나쁜 사람으로
보일 수밖에 없어. 그러니까 너희들도 가급적 글을 쓸 때
는 좋은 내용을 썼으면 해. 무슨 말인지 알겠지?"

내 말을 알아 들었는지 다음 시간에 진지하게 물었던 학생이 다음과 같은 시를 써왔다.

첫월급

중2학생

전단지 알바로
내 자신이
돈을 번 순간

제일 먼저
떠오른 할머니
신발

고맙다
다 컸구나

눈물 적시는
할머니 말씀에

짠해지는
내 마음

 나는 담당 선생님한테 시를 보여주고 칭찬하며, 혹시 이 학생의 집안에 무슨 일이 있냐고 물어보았다. 학생에 대한 신상을 알아 둬야 좀더 친근감 있게 다가갈 수 있기 때문이었다. 몇 해 전에 부모님이 이혼을 했고, 홀로 된 아버지가 돈을 벌러 외지로 나가는 바람에 지금은 할머니와 함께 살고 있다고 했다. 아이는 일찍부터 돈을 벌기 위해 아르바이트를 해왔다는 것이다.

나는 그동안 상위권인 중·고등학생을 대상으로 논술 강의를 해왔다. 모범생이라 할 수 있는 상위권 학생들도 실제로 글쓰기에 재미를 갖고 수업을 듣는 아이들은 많지 않았다. 대학입시를 위해 어쩔 수 없이 하는 아이들이 대부분이었다. 그럼에도 불구하고 그들은 열심히 하려고는 했다. 수업의 집중도만큼은 좋았다.

하지만 여기는 글쓰기에 관심을 갖지 않은 학생들이 많았다. 이런 아이들을 상대로 글쓰기를 한다는 것은 정말 어려운 일이었다. 하지만 시간이 지나자 아이들이 나의 진정성을 받아들이고, 진솔한 글을 써오기 시작했다.

어린이날, 하지만

중2학생

어린이날 친구들은
모두 들떠 있었지만
나는 방에서 이불 뒤집어 쓰고
지친 햇님이 들어오기를
간절히 바라고 있었습니다
그 시절 무섭고

쓸쓸했던 그 시절

일 나가셨던 엄마 아빠
마음 어땠을까 생각해 봅니다

　나 역시 어린이날을 싫어하던 때가 있었다. 그 무렵은 농사철, 특히 고추모종을 많이 하는 시기다. 그러다 보니 내게는 어린이날이라고 쉬는 날이 오히려 밭에 나가서 더 많이 일을 해야 하는 날이었다. 지금도 그때만 생각하면 상대적 박탈감 때문에 가난한 부모님을 원망하던 기억이 새롭다.

"선생님, 시가 너무 어려워요!"
"이번 시험에서 시 문제 하나도 못 맞췄어요."

　학교에서 아이들이 배우는 시교육은 정말 어렵다. 시를 통해 소통하고 공감하는 것을 배우기보다 시에 대한 이론을 배워야 한다. 시는 형식상으로 자유시, 정형시, 산문시가 있고, 내용상으로 서정시, 서사시, 극시가 있다. 또한 시의 3요소는 주제, 심상, 운율이 있고, 어쩌고 저쩌고…. 운율에는 내재율과 외형률이 있고, 외형률에는 음수율, 음보율, 음위율이 있고, 어쩌고 저쩌고…. 심상에는 시각적, 청각적, 후각적, 미각적, 촉각적, 공감각적 심상이 있고, 어쩌고 저쩌고….
　표현법으로 가면 더욱 어려워진다. 비유법과 강조법, 변화법이 어쩌고 저쩌고…. 비유법에는 직유법, 은유법, 대유법, 활유법(의인법), 풍유법이 어쩌고 저쩌고….

　이런 것을 수업 시간에 배우고 시험을 봐야 한다. 공부를 잘 하는 아이들은 그런대로 잘 따라오지만, 어휘력과 이해력이 부족한 아이들은 이때부터 '시는 어려워!'라며 포기해 버린다. 이런 경험은 어른이 되어서도 시를 어렵게 만드는 트라우마로 작용한다. 시를 시험 위주로 배우다 보니 시창작은 엄두도 내지 못하는 것이다.

　'소통과 힐링의 시창작교실'을 시작한 이유가 여기에 있다. 시는 어렵다는 트라우마를 가진 이들에게 내 경험을 바탕으로 시를 써서 보여주고, 서로 마음을 주고 받으며 스스로 상처를 치유해가는 중요한 소통의 도구라는 것을 보여주고 싶었다.

　고등학교 이과생들을 상대로 수업하다 보면 대개 중1때부터 시와 관련된 문제를 포기했다는 경우가 많았다. 다행히 고등학교 과정에서는 중학교와 달리 시의 이론보다 시인의 삶과 시의 주제와 관련된 문제가 많이 출제된다. '소통과 힐링의 시창작교실'에서 강조하는 내용만 충실하게 이해하면 웬만한 문제는 거의 다 맞힐 수 있는 것들이다.

　따라서 중학교 아이들에게 시창작을 가르칠 때는 먼저 국어시험을 위해 배워야 하는 시공부와 다르게 접근해야 한다. 굳이 시의 이론을 가르칠 것이 아니라 먼저 좋은 시를 보여주고 그대로 따라 할 수 있도록 이끄는 것이 중요하다. 나는 아이들과 더 친밀감을 형성하기 위해 부끄러움을 무릅쓰고 내 시를 갖고 아이들에게 접근한 것이다. '소통과 힐링'의 구체적인 경험담까지 들려줄 수 있으니까 아이들이 더욱 쉽게 받아들였다.

내가 먼저 내 시를 통해 내 아픔을 보여주고 이를 극복하기 위해 노력한 이야기로 접근하니까 아이들도 솔직한 마음을 드러내기 시작했다.

꽃

중1학생

계속 심으면
꿈이 활짝 한 송이씩 필까?

누군가가
내 꽃을 꺾어버리면
내 꿈도 꺾여서 사라지겠지

누군가
내 꽃에 물을 준다면
물을 준다면….

중1 학생들의 내면을 들여다 볼 때는 애잔함이 밀려왔다. 가난한 집에 태어나 하고 싶은 것을 제대로 하지 못하는 자신의 아픔을 돌려서라도 표현해주는 아이의 마음이 가슴 에이게 다가왔다.

할아버지 사랑

초5학생

몸무게 줄이러
박박 등 미는 목욕탕

할아버지 등 박박
내 등 뽀드득

전보다 좁아지는
할아버지 등
이제는
이제는 내가
밀어 들여야 할 차례

물어보지 않아도 안다. 아버지가 아닌 할아버지가 이 학생의 시에 많이 등장하는 이유는 무엇인지. 우리는 이렇게 시로 소통하며 서로에 대해 알아가는 시간을 갖고 있었다.

13화

시로 하나가 되니 통하는 게 많아지더라

시 계

살 수 없을 것만 같았다
그대 없이는

그런데 그런데
살아 지더라

밤 깊으니 동이 트고
꽃 지니 열매 맺고

그리움도 기다림도
만남도 헤어짐도

습관이 되고
일상이 되어

그런 대로

저런 대로
살아 지더라

"선생님, 시를 보니까 괜히 눈물 나려고 해요."

"왜?"

"선생님 이야기라고 생각하니까 괜히 슬프잖아요."

"그래, 나도 이런 시를 쓰기 전에는 혼자서 참 많이 울었지. 그런데 어쩌겠냐? 혼자만 끌어안고 있으면 상처가 되지만, 이렇게 표현하니까 더 많은 사람들이 이해해 주고, 함께 해주니 그래도 살 만한 세상이라는 것을 느낄 수 있어서 좋은걸."

"......?!"

"그러니까 이제 너희들도 한번 '시계'를 생각해 보며 시를 써보자. 선생님처럼 '시계'에 얽힌 나만의 이야기를 써보면 더욱 좋겠지? 이왕 쓸 거 인터넷 뒤지면 나올 것 같은 뻔한 이야기를 쓰는 것이 아니라 세상에 누구도 쓸 수 없는 나만의 이야기를 담은 그런 시를 써보는 거야. 알았지?"

그렇게 시간을 주었더니 한 학생이 이런 시를 써왔다.

시계

중2학생

금방 왔다
떠나가는
그리움입니다
오지 않는 엄마
함께 했던
마지막 추억

째깍째깍
엄마 이야기 들려주며

항상 마음 속에
머무는 시계는
내 안의
진한 그리움입니다

　굳이 사연을 묻지 않아도 알 수 있었다. 이혼하고 집을 나간 엄마, 그 엄마의 소식을 기다리며 할머니와 함께 살고 있다는 아이의 얼굴에서 두 딸의 모습이 어른거렸다. 다른 친구들도 대충 사연을 알고 있는 것 같았다. 여학생 하나가 슬그머니 눈물을 훔치고 있었다. 시를 쓴 아이는 어쩔 줄 몰라 했다. 가만히 있기 힘드니까 괜히 옆의 친구를 툭 치며 장난을 쳤다. 나는 참 잘 썼다고 칭찬하고, 화제를 얼른 다른 학생의 시로 돌렸다.

괘종시계

중2학생

정각이 되면
울려대는
깨워 있으라고
열심히 살라며

때로는 부모님의
잔소리처럼
귀찮을 정도로

정각이면 어김없이
울려대는
우리들의 선생님

한 학생이 교실 뒤에 있는 괘종시계를 보고 쓴 시라고 했다. 물론 아이와 이야기를 나누며 운율을 살리기 위해 행과 조사 부분은 살짝 손을 봐주었지만, 정말 창의력이 돋보이는 아이었다.

시를 통해 아이의 마음을 알고 나는 이런 아이들에게 무슨 잔소리가 필요하랴 싶었다. 아이들도 무엇이 옳고, 어떻게 살아야 하는지 다 안다. 단지 현실이 뜻대로 되지 않고, 감정 조절을 할 수 없어 제 맘대로 수업에 임할 뿐이다. 수업에 집중하라고 소리 지르기보다 어떻게 하면 아이들이 더 큰 성취감을 맛보게 하는 수업을 만들기 위해 고민했다.

대학교 졸업을 앞둔 여학생이 기업체에 입사 면접을 보러 갔다. 순조롭게 진행되던 면접 막바지에 서류를 뒤적이던 면접관이 학생에게 물었다.

"서류에는 어머니하고만 살고 있는 것으로 나오네요. 어떻게 된 건가요?"

여학생은 기어 들어가는 소리로 대답했다.

"초등학교 2학년 때 부모님이 이혼하셔서 그때부터 어머니하고만 살았습니다."

학생의 말이 끝나기 무섭게 면접관이 압박 질문을 던졌다.

"일반적으로 아버지 없이 살아온 사람은 윗사람이나 상사와 갈등을 빚는 경우가 많은데, 우리가 본인을 뽑았을 때 이렇지 않을 거라고 어떻게 증명할 수 있죠?"

여학생은 면접관의 질문에 대답을 제대로 하지 못하고 그만 울어버렸다. 그리고는 하도 억울해서 인권위원회에 고소를 했다. 내가 이 문제를 면접 사례집에서 접할 수 있었던 이유이다. 비록 고소를 해서 압박 면접을 핑계로 지나치게 개인의 인격을 침해했다는 판결을 받았다지만, 정말 진지하게 생각해 볼 문제다. 이 학생은 앞으로 취직을 쉽게 할 수 있었을까? 설사 취직을 했다 하더라도 아버지 이야기만 나오면 눈물을 흘리는 그 마음으로 과연 회사생활을 잘 해내갈 수 있었을까?

결코 압박 면접을 핑계로 개인사를 지나치게 침해한 면접관들을 옹호할 마음은 없다. 중요한 것은 이것은 면접 문제가 아니라도 세상을 살아가면서 꼭 풀어야 할 문제라는 것이다.

학생들에게 입시와 입사 면접을 가르치다가 이런 문제를 접하고 나는 가슴이 먹먹했다. 엄마 없는 우리 딸들이 겪어야 할 문제이다. 그래서 나는 딸들에게 이 문제를 보여주며 너희라면 어떻게 대답하겠냐고 물었던 적이 있었다.

"그러지 않아도 그런 소리 들을까 봐 더욱 조심해왔기 때문에 그런 문제는 걱정하지 않아도 될 거라고 할 거예요."

작은딸이 담담하게 대답하기에 나는 얼른 이 문제를 응용해서 새롭게 물어봤다.

"면접관이 너희들한테는 이렇게 안 물어보겠지. 대신 엄마가 없는 것을 알고 '일반적으로 엄마가 없이 살아온 사람은 남에게 인색해서 주고 받는 것을 잘 못하는 경우가 있는데, 본인을 뽑았을 때 이렇지 않을 거라고 어떻게 증명할 수 있죠? 라고 물을 거야. 그렇다면 뭐라고 할 건데?'

그러자 딸아이가 아무 말도 못하더니 갑자기 눈을 훔쳤다.

"어휴, 아빠, 괜히 눈물 난다."

"그래, 그런 거야. 세상은 냉정할 수밖에 없어. 면접은 수험생이 감추고 싶어 하는 것을 알려고 하기 때문에 아무리 연습해도 감추지 못할 게 있어. 생각해 봐. 아까 그 문제는 남의 일이니까 쉽게 답했잖아. 그런데 엄마 문제는 네 문제니까 먼저 눈물부터 나잖아. 면접관이 이런 질문에 눈물부터 흘리는 사람을 어떻게 볼까? 과연 합격시킬까?'

"그야, 당연히 떨어뜨리겠죠?'

"그런 거야. 그래서 이런 문제에 당당하게 대답하려면 평소에 자꾸 엄마 이야기를 해서 초연해 질 수 있어야 해. 물론 처음에는 힘이 들어 눈물을 흘릴 때도 많아. 아빠도 그랬으니까. 하지만 자꾸 말로 표현하고, 글로 써보다 보니까 어느 순간에 그냥 초연히 말할 수 있는 용기와 힘이 생긴 거야. 그러니까 너도 엄마 없다는 것을 숨기려고만 하지 말고, 아빠처럼 평소에 자꾸 이야기하고 표현해 보면서 초연해 질 수 있도록 해야 해. 알았지?'

상처는 가슴에 품고 있으면 어떻게든지 곪아 사회생활을 하는데 장애

로 작용한다. 남들은 아무렇지도 않은데 혼자만 그것 때문에 가슴 아파하거나, 남들은 그냥 하는 소리인데 본인만 더 큰 상처로 받아 들여 소통의 문제를 일으킬 수 있다.

그래서 더더욱 상처는 드러내고 치유할 수 있어야 한다. 다행인 것은 그렇게 상처를 드러내면 그것이 나만 갖고 있는 것이 아니라는 것을 알게 된다. 더 많은 사람이 나와 비슷한 사연으로 힘들어 하고, 그렇기 때문에 상처를 드러내면 자기 일처럼 생각하며 그것을 감싸주고 도와주려는 사람이 많은 것이 인지상정이라는 것을 알게 된다.

방과후학교에서 아이들에게 이 점을 수시로 상기시켰다. 부모가 없거나, 한부모이거나, 집안이 어려운 것은 너희들만의 일이 아닐 뿐만 아니라 너희들의 잘못도 아니다. 그러니 숨기려 하지 말고 솔직하게 표현하고 드러내면서 초연하게 대할 수 있는 마음을 가져야 한다. 자신의 상처를 숨기는 것은 그 자체가 이미 부정적인 마음이라 그것 때문에라도 인생에 더욱 손해되는 선택을 하게 된다는 것을 상기시켰다. 진심이 통했는지 아이들도 점차 솔직하게 자신을 드러내기 시작했다.

이 세상에서 제일 슬픈 것

중1학생

초등학교 입학한 여동생

마중 안 나갔다고
오빠 노릇 못한다고
혼 내시는 아빠 옆에서
거두시는 엄마
나도 겨우 3학년인데

아셨던가 그 날밤
내 옆에 누워
토닥토닥 전해지는
아빠의 손길
나도 모르게
주르륵

그 생각만 하면
그 생각만 하면
지금도 눈물이 난다

맞벌이하는 부모님을 대신해 동생 셋을 돌봐야 하는 아이의 아픔이
그대로 전해졌다.

"그래, 되게 힘들었겠다."
"그렇죠? 정말 억울했겠죠?"
"그럼, 내가 너라도 억울해서 많이 울었을 거야. 그런데 지금은 어
때?"

"지금은 괜찮아요. 엄마 아빠도 잘 해줘요."

그저 공감해 주는 몇 마디에 씩 웃어 주던 아이의 순수한 모습이 생생하다.

외국여행

중1학생

내가 내가 커서는 할머니
할아버지 외국여행을
보내 드리고 싶다

왜냐하면 할머니
할아버지께서 나에게
바치신 인생을
갚아 드리고 싶으니까

부모님이 어떻게 되었는지는 모른다. 아이가 구체적으로 말은 하지 않았지만, 처음으로 조부모님과 함께 살고 있다는 것을 드러냈다. 어렴풋이 사정을 알고 있었지만, 아이는 직접 이렇게 표현함으로써 자신의 상처를 조금씩 드러내고 있었다.

할머니께 올림

중1학생

할머니는 용돈을 막 써도
꼭 용서를 해주신다
쓰고 나면 생각하는
할머니 얼굴

이제는 이제부터는
아껴 쓰고
막 쓰지 않을게요

힘들게 일해서 버신 돈
막 쓰는데 화
안 내주셔서 감사해요
사랑해요

할머니 이야기만 하는 학생이었다. 내막은 어느 정도 알고 있다. 자신이 쓴 시를 할머니께 보여드렸더니 매우 기뻐하셨다며 웃어주던 아이의 모습이 살갑게 다가왔다.

수업 시간에 말을 지독하게 듣지 않았던 아이들, 어떨 때는 목청 높이느라 힘들 때도 많았지만, 어쩌다 길거리에서 만나면 먼저 반갑게 인사하고 반기는 경우가 많아졌다. 간혹 감정이 조절되지 않아서 막말을 할 때도 있고, 친구와 싸움이 붙으면 물불을 안 가릴 때도 있었다. 그럴 때면 나는 그들에게 다가가 한 마디를 했다.

"부탁인데, 우리 자신이 쓴 시에 부끄럽지 않게 살자, 알았지?"

그러면 아이들은 무슨 뜻인지 알아듣고 씩 웃어 주곤 했다. 우리는 이렇게 소통하고 힐링하고 있었다.

14화

이픔을 노래하니 함께 해주는 이들이 있더라

슬픈 인연

힘들 때 생각나는 건
눈물로라도 씻지만

좋을 때 더욱
생각나는 건

이제 곧 죽어도
갚을 수 없는
천형(天刑)

운명이라 되뇌는
아픔이라도 좋으니

찰나라도
다시 한번

옷깃이라도
바람만이라도

그대여
슬픈 그대여

우리 사회는 경쟁을 너무 당연한 것으로 여기면서 점점 개인주의가 만연해 가고 있다. 그래서 자신의 속내를 쉽게 털어놓지 못하는 경우가 많다. 경쟁에서 살아남기 위해서는 최대한 자신이 잘하는 것만 보여주려 하기 때문이다. 지금은 개인브랜드가 강조되면서 쇼윈도우 인생이 더욱 양산되고 있다. 그러다 보니 놓치는 것이 너무 많다. 특히 개인적인 상처를 가진 분들이 자기 속으로 빠져들 때 그 고통은 더욱 커진다.

하지만 세상에는 나만이 안고 있는 상처란 없다. 지금 이 순간에도 교통사고와 질병, 자살이나 산업재해로 세상을 떠나는 분이 많고, 그로 인해 고통을 안고 있는 이들이 많다. 또한 부모의 이혼으로 고통을 겪는 아이들도 수없이 늘어나고 있다.

"가장 개인적인 것이 가장 사회적인 것이다."

글을 쓰려면 먼저 가장 개인적인 이야기를 다룰 수 있어야 한다. 물론 이것은 쉬운 일이 아니다. 누군가에게 아픔을 드러내는 것은 정말 큰 용기를 필요로 하기 때문이다. 나는 더 많은 사람과 함께 하기 위해 용기

를 내기로 했다. 그렇게 용기를 내자 실제로 많은 이들이 함께 해주기
시작했다.

눈 꽃

1.
가슴이 시릴수록
어려오는
그리움

이전에도 저렇게
설레임
뿜었을 게다

그때는 단지 그대가
함께 함으로
느끼지 못했을 뿐

2.
향기 없은들
어떠리
순백의 향연인데

햇살도 달뜬 표정
바람도

뒤질세라

살포시 미소 지으며
하얀 꽃잎
뿌려주네

사람의 마음은 다 거기서 거기다. 아픔을 만나면 누구나 함께 나누고
싶은 마음이다. 내가 먼저 표현하니까 비슷한 아픔을 표현해주는 이들이
늘어나기 시작했다. 어떨 때는 눈물로 함께 하는 시간이 많았다.

아들아

김동민 (춘천시)

망할 놈의 자식
무엇이 그리 바빠서….
겨우 고만큼만 살다 갈 것을,
숨 가쁘게, 그리 애쓰며 살았더냐

괘씸하고, 나쁜 놈
불효인 줄은 아느냐
걱정 들을까 생전 꿈에도 안 비치고
네가 어찌 그럴 수 있느냐
그 순간, 부모 얼굴 한번이라도 떠올렸다면….

애틋한 녀석
다녀오겠습니다.
느믈느믈 짓궂은 얼굴로 집을 나섰는데
어찌하여,
깨진 안경과 흙투성이 신발 한 짝만이
집으로 돌아왔느냐

무심한 녀석
뜨거운 바닷가에서 너는 참,
행복하게도 웃고 있구나

내 서둘러 너에게 갈 테니,
침침한 눈에도 금세 알아볼 수 있게
듬직하고 멋진 모습
그대로 간직하며 행복하게 지내다오.

* 시작노트

　교통사고로 잃어 버린 아들, 복받치는 분을 삭이며 가슴을 쾅
쾅 쾅! 지난 세월 넋두리처럼 하신 말씀들을, 엄마를 대신해 글
로 표현해 보았습니다. 그 아들, 제게 아련히 나타나 '부탁해,
미안해' 하고는 무정하고 무책임하게 사라져버렸습니다. 내가
잘할게. 더 잘할게. 걱정하지 말고 편히 쉬어….

우리는 시를 공유하며 시창작 노트를 중심으로 많은 이야기를 나눴다.

처음에는 눈시울을 붉히며 이야기를 하던 분이 어느 정도 시간이 흐르자 담담한 표정으로 말했다.

"강사님, 어젯밤에 이 시를 쓰면서 얼마나 울었는지 몰라요."

"예, 저도 많이 울었을 것 같아요. 저도 실제로 제 이야기를 쓰면서 울 때가 많았거든요. 정말 큰 용기를 내셨네요. 그런데 지금은 어떠신가요?"

"그동안 답답했던 가슴의 응어리 하나가 툭 떨어져 나간 느낌이네요. 그러니까 이렇게 담담하게 말할 수 있으니까 잘했다는 생각이 드네요."

"그렇죠? 저도 비슷한 경험을 많이 했거든요. 우리는 이렇게 또 한 편의 시로 소통하며 힐링을 하고 있네요."

"……?"

강좌가 끝날 무렵에 다음과 같은 후기가 올라왔다.

작품집을 친정 부모님께 드리며 '아들아!' 페이지에 첫월급 탔다고 용돈을 끼워 전해드렸더니 여러 장르의 제 글을 읽으시고는 아버지는 "대견한 내 딸!" 하시며 안아주시고, 엄마는 시를 읽어보시곤 "고맙고, 미안하다" 하시네요. 몇 년 동안 금기시 되어오던 일이 자연스럽게 가족 대화의 소통이 되는 화목한 자리였습니다.

– '시창작 후기' 중에서

한 편의 시로 어머님의 마음을 대신 표현하고, 그렇게 서로 이해하고
공감하며 소통해 나가는 모습에서 정말 큰 보람을 느끼는 순간이었다.

참는다고 참아지나요?

이진경 (구리시)

참으라 배웠습니다
숨기라 배웠습니다
당신 떠나시는 날
참고 숨기면
잘했다 칭찬하시는 줄
알았습니다

잊은 줄 알았습니다
당연한 줄 알았습니다
친구 아버님 영정 뵌 날
참아도 숨겨도
차오르는 눈물이 있다는 것을
알았습니다

* 시작 노트 중에서
　강사님의 이야기와 시를 보고 눈물이 났습니다. 2년 전 돌아가
신 아버지가 생각나더라고요. 정말 잊고 사는 줄 알았는데. 저녁
때 집에 와서는 20년 지기 친구의 아버님이 돌아가셨다는 연락

을 받았습니다. 저희 아버지와 같은 병을 앓고 계셨는데 갑자기
상태가 안 좋아지셨다고 하네요. 그 소식을 듣고 많이 울었습
니다. 아이들이 엄마 우는 모습을 볼까 봐 저녁 준비하다 양파
가 너무 맵다고 눈에 튀어서 들어간 것 같다고 거짓말을 했습니
다. 친구에게 다녀왔습니다. 주책없이 친구 앞에서 울면 어쩌나
고민도 들더군요. 하지만 슬퍼하는 친구 앞에서는 차마 울 수가
없었습니다. 내 슬픔을 꺼내 보이기가 너무 미안해서였을까요?

세상에 슬픔 없는 사람은 없다. 그렇기 때문에 세상은 더불어 살 만한
가치가 있다. 함께 울어주고 함께 웃어주는 정과 때에 따라서는 아무리
아파도 상대를 위해 웃어주는 여유도 보여야 한다.

아버지 아버지

최형례 (구리시)

왜 아직 안 가셨나요
아니아니
제가 못 보낸 건가요

문득문득
불쑥불쑥
준비되지 않을 때 찾아와서

가슴 뭉클
눈물 찔끔

내 하던 일
멈추게 하시는
아버지

떠난 사람은 때가 된 만큼 보낼 수 있어야 한다. 결코 쉽지 않은 일이
다. 나 역시 임종도 지키지 못한 아버지와 어머니의 기억이 불쑥불쑥 찾
아 올 때가 있다. 힘들 때보다 오히려 기쁠 때 더욱 또렷이 살아오는 아
내가 있다. 문득문득 눈물짓게 하는 아픔이 있다. 가슴 속에 품고 있으
면 상처가 되지만 이렇게 표현함으로써 누군가와 함께 하다 보니 슬픔
의 그늘에서 벗어나는 경험을 하고 한다.

치료자는 직면을 시킬 때 특히 세심하고, 재치가 있어야 한다. 무엇보다
도 먼저, 좋은 치료 관계가 수립되어 있어서, 치료자가 자신을 도우려 한
다는 것을 내담자가 확실할 필요가 있다. 이러한 면이 부족하면, 환자는
치료자의 직면을 공격으로 보고 화가 나서 치료를 그만둘 수도 있다.

- Sol L. Garfield 지음 〈단기심리치료〉의 '직면' 중에서

우리는 시창작을 통해 서로의 상처를 보듬으며 치유의 길로 들어서고 있었다. 시창작은 어떤 형태로든 자신의 삶을 돌아보고, 스스로 자신의 문제점을 해결해 나가게 한다.

하지만 처음부터 자신의 문제점을 보는 것은 결코 쉬운 일이 아니다. 그것이 트라우마(내면의 상처)와 관련되어 있을 때는 더욱 그렇다. 심리학에서는 트라우마와 만나는 것을 '직면'이라 한다. 우리는 '직면'할 때 정말 힘들어 하고 거기서 도망치려 한다.

현명한 사람은 상대에게 충고나 조언을 함부로 하지 않는다. 충분한 친밀도나 신뢰감이 형성되지 않은 상태에서 해주는 충고나 조언은 '직면'을 두려워하는 이들의 상처만 건드려 오히려 관계만 안 좋게 만들 수 있다는 것을 잘 알고 있기 때문이다.

마찬가지로 훌륭한 상담사는 처음부터 '직면'을 권하지 않는다. 내담자가 스스로 자신의 이야기를 많이 하게 하고, 경청과 공감을 통해 스스로 '직면' 앞으로 다가서도록 이끌어 준다.

물론 내담자가 끝까지 '직면'을 두려워하면 상담사가 개입해서 '직면'을 시켜야 할 때가 있다. 상담 과정에서 제일 조심스러운 단계다. '직면'을 잘못시키면 내담자는 각종 핑계를 대며, 심지어 상담사를 원망까지 하며 중도에 포기하는 경우가 발생한다.

그래서 훌륭한 상담사는 '직면'을 시키기 전에 내담자와 먼저 친밀도를 다진다. 내담자가 자신을 신뢰하게 만들어 '직면'에 대한 거부반응을 최소화하도록 심혈을 기울인다. 그래야 내담자가 스스로 자신의 트라우마에서 벗어나는 치유효과를 볼 수 있기 때문이다.

'소통과 힐링의 시창작교실'은 상담과 같다. 먼저 글을 쓰는 과정에서 나를 돌아볼 수 있고, 그것을 발표하는 과정에서 자신의 문제점을 스스로 발견해 나갈 수 있다. 비교적 가벼운 트라우마 정도는 시창작교실을 잘 활용해서 극복해 나갈 수 있다.

그러려면 먼저 좋은 강사와 동료들을 만나야 한다. 시창작을 하다 보면 자신의 생각에 빠지는 경우가 많아 자신의 글을 객관적으로 보기가 어렵다. 또한 누군가 정곡을 찔러 지적을 해주면 거부반응을 보이기 마련이다. 심리상담 과정에서 '직면'과 같은 경우다.

전문강사가 없거나 친밀도가 형성되지 않은 모임에서는 남의 글에 대해 직설적으로 평가를 해대는 사람이 꼭 있다. 그 사람은 동료를 위한다고 하는 말이지만, 그렇게 '직면'을 하게 된 상대방은 자칫 글쓰기에 대한 자신감을 상실할 뿐만 아니라 괜히 인간관계까지 문제를 일으킬 수 있다.

"솔직하게 말해주세요. 저는 솔직한 표현을 좋아해요."

모임 중에 이렇게 말하는 사람이 있으면 더욱 조심해야 한다. 이런 사람일수록 남을 평가할 때는 직설적인 반면 자신이 직설적인 평가를 받으면 판을 뒤집을 확률이 높다.

그래서 시창작교실을 통해 소통과 힐링의 경험을 하려면 먼저 좋은 강사와 동료가 함께 하는 자리를 만들어야 한다. 전문강사가 있는 모임이라면 일단 중심이 잡혀서 좋다. **또한 전문강사는 창작의 고통을 아는 사람일 확률이 높아 수강생들의 작품을 함부로 평가하지 않는다.** 그들은 앞에서 말한 훌륭한 상담사처럼 상대가 먼저 자신의 이야기를 충분히 하게 하고, 경청과 공감을 통해 스스로 자신의 글을 살펴보게 하면서, 그 중에 꼭 필요한 부분만 직면을 하게 하면서 수강생이 자신의 문제를 알아차리고 스스로 고쳐나갈 수 있도록 이끌어 줄 줄 안다.

"가장 개인적인 것이 가장 정치적인 것이다."

트라우마는 일상에서 그것을 알지 못하는 이들이 그와 관련된 이야기를 언급만 해도 상처를 입어 대인관계를 어렵게 만든다. 따라서 '소통과 힐링의 시창작교실'을 통해 트라우마를 표현하는 것은 매우 중요하다. 잘 하면 상대방이 나를 배려하게 만드는 큰 힘을 갖고 있다.

트라우마를 한 편의 시로 잘 표현하면 사회적인 문제로 만들어 그 해결책을 찾을 수 있도록 공론화 시킬 수도 있다.

셋째 아이

박정은 (구리시)

고생할 거라며 이제

그만 낳으라는
마음 어린 소리에도

첫아이 낳을 때
그 기쁨 그대로
안겨준 아이

그런데
그런데
선천성 수신증
낯 설은 손님
나의 분신
그림자

　요즘 출산율이 낮은 것이 얼마나 큰 사회적인 문제이던가? 이 시는
정말 우리 사회가 해야 할 일이 무엇인가 생각하게 한다. 말로만 출산대
책을 세울 것이 아니라, 아이를 낳았을 때 겪어야 하는 개인의 문제를
사회가 어떻게 해결해 나가야 할지 고민하게 한다. 더 이상 아이의 양육
을 개인의 문제로만 방치해서는 안 된다. 출산율이 낮은 것이 정말 사회
의 문제라면 사회가 나서서 아이의 양육을 책임져 줘야 한다. 그러니까
가장 정치적일 수밖에 없는 일이다.
　이 땅의 어머니들이 둘째, 셋째를 낳지 못하는 이유를 더 이상 개인의
문제로 끌어안고 있지만 말고, 이처럼 자꾸 표현해 준다면 어떻게 될까?

비록 시에서는 정치적인 이야기를 하지 않지만, 이런 시들이 여러 사람에게 회자되고 공감을 이끌어 낸다면 이것이야말로 가장 사회적인 문제이자 정치적으로 해결해야 할 가장 중요한 이슈로 떠오르지 않을까?

엄마의 아침

김지은 (구리시)

빨리 일어나!
빨리 학교가!
하나, 둘, 셋
학교에 보내고

잠시 숨돌리고 나니
에고 에고

아직도 남았다
두 놈이 더 자고 있다

넷, 다섯
겨우 보내니

이제서야 찾아오는
차 한 잔의 여유

아이 다섯 명을 키우는 어머니의 아침 풍경이다. 어찌 보면 가장 개인적인 글이지만 저출산으로 위기를 맞고 있는 우리 사회의 큰 경종을 울리는 가장 사회적인 글로 남을 수 있다. 우리 시대의 양육은 결코 쉬운 문제가 아니다. 진정으로 우리 사회가 저출산의 심각성을 이해한다면, 이런 분들이 좀 더 편하게 양육에 전념할 수 있도록 제도적 장치를 마련해 나가야 하지 않을까?

Part 5

소통과 힐링의 시창작교실
8가지 기법

소통과 힐링의 시창작교실 8가지 비법

1. 시를 소통의 도구로 인식하자

2. 가장 가까운 사람의 마음을 헤아려라

3. 긍정적인 메시지를 담아라

4. 비유와 상징으로 창의력을 발휘하라

5. 보편적인 상징어를 익혀라

6. 시의 3요소 주제, 운율, 심상을 살려라

7. 나만의 스토리를 만들자

8. 제목과 본문의 조화로 감탄사를 유발하라

15화

시를 소통의 도구로 인식하자

아버지 마음

모범답이라도 있으면 좋겠다
외우고 외우다 보면
위안이라도 줄 수 있는

다 해줄 수 있으면 좋겠다
따라 와라 믿고
따라만 오라고
확신이라도 줄 수 있다면

새 한 마리
어찌할까
어찌할까나

모범답이라도
정답이라도 있으면
정말 정말
좋겠다

나는 두 딸의 아빠로서 시를 통해 아이들과 소통하는 방법을 택했다. 말로 하다 보면 괜히 감정이 올라오고, 결국 목청을 높이고 끝나는 경우가 많았는데, 시로 표현을 하니까 아이들과 관계가 좋아지기 시작했다. 그때 나는 소통의 효과를 극대화시키기 위해 세 가지 원칙을 정했다.

첫째, 아이가 잘한 이야기를 쓰자.
둘째, 가급적 내 이야기를 쓰자.
셋째, 애써 교훈을 주려 하지 말자.

어쩌면 이 글을 보게 될 아이들이 "아빠, 그때 그래서 그랬던 거야." 라고 할지 모르지만, 어쨌든 나는 아이들이 조금이라도 잘 한 것이 있으면 시로 쓰기 시작했다. 그리고 그렇게 쓴 시를 동인지나 지역에서 발간하는 문집에 발표했다. 그렇게 하면 일부러 보여주지 않아도 아이들은 어떻게든 그 글을 보기 마련이다. 방바닥에 놓여 있는 잡지에서 아빠의 이름을 보고 관심 있게 읽어 보는 것은 당연한 순서다.

봄비 때문에

기숙사 짐 푸는
열일곱 살 딸아이

괜찮다 괜찮아

강한 척
돌아섰지만

조잘조잘
가슴 적시는
차창 밖

버들강아지 개나리
목련나무
가지가지

함초롬 맺히는
망울망울

　고등학교 진학을 앞두고 고민하는 큰딸에게 집에서 혼자 밥 먹기 힘
들면 가급적 기숙사 있는 학교에 가라고 했다. 큰딸은 고민 끝에 적성을
살리고 싶다며 도예고등학교를 지원했다. 생긴 지 얼마 안 된 학교로 전
교생이 기숙사 생활을 하는 곳이었다. 집 근처 인문고에 지원할 실력도
있었지만, 중3때 도자기 동아리 활동을 할 때가 제일 행복했다며 적성을
살리겠다고 해서 말릴 수 없었다.

　딸아이가 기숙사에 들어가는 날에 촉촉이 봄비가 내렸다. 딸아이의 짐
을 기숙사에 풀어놓고 돌아오는 길에 괜히 기분이 묘했다. 그 감정을 그
대로 담아 시에 담아 보았다. 그리고 지역 잡지에 실었다. 며칠 후에 주

말을 맞아 집에 들른 큰딸이 진지하게 물었다.

"아빠, 나 집에서 다닐까?"

"왜?"

"아빠, 외롭지 않아? 정말 괜찮은 거야?"

잡지에서 아빠의 시를 보고 괜히 걱정이 되어서 물어보는 거란다. 가뜩이나 동생마저 축구한다고 숙소생활을 하는데, 자기마저 기숙사로 들어가니 아빠 혼자 있는 것이 안쓰러웠다는 것이다.

나는 절대로 아빠 걱정하지 말라고 했다. 기숙사 생활 잘 하면서 공부 열심히 하는 것이 진정으로 아빠를 위하는 길이라고 했다. 그때 딸아이가 아빠를 신경써 주고 있다는 것을 알고 괜히 기분이 짠했다. 한편으로는 큰딸이 아빠를 생각해 줄 정도로 잘 크고 있다는 생각에 위안도 얻었다.

한 편의 시를 통해 딸아이와 소통하는 기쁨을 오롯이 느낄 수 있었다. 그때부터 나는 경험담을 바탕으로 이렇게 강조하곤 했다.

"아이를 위한 시를 써보세요. 아이의 태도가 달라집니다."

어머니들은 자녀교육에 민감하기 때문에 설득력을 발휘했다. 어머니들도 믿음을 갖고 아이와 관련된 이야기를 시로 표현하기 시작했다. 그러면서 한 편의 시로 아이와 소통했던 경험담을 들려주기 시작했다.

엄마처럼
- 딸의 첫수련회

서정림 (구리시)

버스는 떠났다
남은 건 하염없이 흔들리는
열한 살 딸아이의 손

조금이라도 더
챙겨주지 못해
미안한 마음

불 꺼진 스탠드
텅 빈 거실 주인 없는
책가방만
만지작만지작

잠자리에 들었다는
문자 메시지에

휴우, 안도하며
잠자리에 눕는다
엄마처럼

시창작 시간에 초등학교 4학년짜리 딸이 1박2일 수련회 갔을 때 느꼈던 마음을 시에 담아 집에 갔는데, 마침 아이가 이 시를 보고 갑자기 감동 먹은 표정을 짓더라는 것이다. 그래서 아이에게 이게 무슨 내용인 줄 아냐고 물었더니 다음과 같이 대답했다고 한다.

"엄마, 이거 내가 수련회 간 날 엄마가 많이 걱정했다는 거잖아? 그러니까 내가 괜히 눈물이 나려고 하잖아. 엄마, 고마워."

그러더니 며칠 후에는 학교에서 가장 좋아하는 시를 가져오라고 했다며 이 시를 가져갔다고 했다. 그리고 발표 시간에 "우리 엄마가 쓴 시예요."라며 낭송을 했더니 선생님이 엄청 칭찬을 해줬다며 집에 와서 자랑을 하더라는 것이다. 한 편의 시가 아이의 마음을 완전히 사로잡은 것이다. 이보다 더 좋은 자녀 교육법이 어디 있겠는가 싶었다.

고백

이미연 (이천시)

뽀뽀해 주세요
안아 주세요

다 큰 녀석이 무슨?

무뚝뚝한 엄마의 한 마디

너에게 겨울이었겠구나

다시 보니
아직도 이렇게
어린아이인 걸

의젓한 네 모습에
엄마가 잠시 잊었었구나

그래도 불평 한 마디
없는 의젓한 아들
미안하고 고맙다

　지금도 〈책쓰는 엄마〉에 실린 시다. KBS 아침방송에서 어떻게 소식을 접하고 취재를 들어왔다. 그때 초등학교 2학년 학생이 리포터에서 했던 말이 생생하다.

"엄마가 쓴 시를 봤을 때 기분이 어땠어요?"
"그냥 울컥해서 눈물이 났어요."
"어떤 점 때문에 그랬나요?"
"……?"

아이는 잠시 생각하더니 이렇게 대답했다.

"그런 걸 어떻게 말로 표현하죠?"

"말로 표현할 수 없을 정도로 감동을 먹었다는 이야기인가요?"

"예."

누군가에게 보여주는 시가 아니라 아이와 소통하는 시로 이보다 더 좋은 것이 어디 또 있을까?

"상대가 나를 좋아하게 만들려면 상대로 하여금 내게 사소한 것이라도 베풀게 하라."

미국의 정치가이자 문필가로 이름을 날린 벤자민 프랭클린이 펜실베이니아 주 의회 서기로 출마했을 때의 일이다. 선거는 그가 이겼지만 그는 선거 기간 동안 자신을 비방하며 상대후보를 지원했던 거물급 의원과 사이가 소원해질 수밖에 없었다. 사람들은 프랭클린에게 앞으로 정치를 계속 하려면 그 의원에게 먼저 고개를 숙이고 인사를 해야 한다고 했다. 하지만 프랭클린은 그때 '사람은 누군가에게 작은 것이라도 베푼 사람에게 더 호의를 가진다'는 말을 믿고, 그것을 실천하기 위해 먼저 그 의원이 거절할 수 없는, 그 의원의 서재에 있는 책을 한 권 빌려달라는 간곡한 편지를 썼다. 그러자 의원이 책을 빌려 주었고, 그것을 계기로 프랭클린에게 호의를 가지기 시작했으며, 이후에는 더할 나위가 없는 정치적 동지로 함께 함으로써 미국 역사에 위대한 업적을 남길 수 있었다고 한다.

'사람은 누구나 받은 사람보다 준 사람에게 더 호의를 갖는다'는 심리를 이용해, '그 사람의 마음을 얻기 위해서는 먼저 사소한 부탁을 해서 내게 베풀게 만드는 것'을 프랭클린의 이름을 따서 후세 심리학자들이 '프랭클린 효과'라고 이름 붙인 것이다.

'프랭클린 효과'는 자식들에게 일방적으로 주기만 하는 부모들이 꼭 가슴에 새겨야 할 말이다. 아이가 부모를 좋아하게 만들려면 무조건 베푸는 것만이 능사는 아니다. 때로는 아이가 부모에게 작은 것이라도 베풀 기회를 줘야 한다. 그러면 아이는 부모에게 더욱 호의를 가질 것이고, 자신이 부모에게 꼭 필요한 존재라는 것을 확인하고 더 잘 하려 들 것이다.

그러기 위해서는 먼저 부모가 나는 완벽한 존재라는 의식에서 벗어나야 한다. 나 자신도 아이들의 도움이 필요한 존재라는 것을 가끔 가다 보여 줘야 한다. 아이가 부모를 위해 뭔가 할 수 있도록 기회를 제공해 줘야 한다.

"자녀가 부모를 좋아하게 만들려면 아이로 하여금 부모에게 사소
한 것이라도 베풀게 하라."

나는 '프랭클린 효과'를 이렇게 받아 들였다. 그래서 수시로 아이가 아빠에게 뭔가 베풀 기회를 제공해줬다. 아이가 용돈을 모아 작은 것이라도 아빠를 위해 쓰게 하고, 나는 그것을 그대로 시로 표현해서 잡지나 블로그, 페이스북 등에 올려 아이가 볼 수 있게 했다. 아이로 하여금 아빠를 위해 뭔가 했다는 기쁨을 누리게 해준 것이다.

운동화 선물 받은 날

꿈여행을 했습니다
불혹 끝머리

잔설 녹아 흐르는
아버지 어머니
무덤가

언 땅 풀리며
낮낮게
퍼지는 냉이 향

세뱃돈 정성 담은
두 딸의 깜짝쇼
나래를 탄

하늘하늘
사사뿐 행복한
여행

그랬더니 아이의 마음도 점점 커졌다. 어느 날 강의를 하고 들어왔는
데 발이 퉁퉁 부어 있는 모습을 본 큰딸이 말했다.

"아빠, 구두 좀 좋은 걸로 신어!"

지금이야 웃으며 이야기하지만 그때는 정말 뭐라 할 말이 없었다. 딸아이도 아빠가 비싼 구두를 사 신을 형편이 아니라는 것을 잘 알고 있었다. 나는 피식 웃어만 주었다. 그런데 어느 날 큰딸이 용돈 모은 통장을 들고 구두를 사러 가자더니 메이커 가게로 성큼성큼 들어갔다. '이것 봐라!' 하면서도 속으로 프랭클린 효과를 생각하며 딸아이가 주는 것을 잘 받는 것도 좋은 아빠의 몫이라 생각하고 그대로 지켜보기로 했다. 딸아이는 그 자리에서 거금을 털어 구두 한 켤레를 사 줬다. 나는 딸아이가 하는 짓이 하도 예뻐서 구두를 잘 받아 들고 집에 와서 그 기분을 그대로 시로 표현했다.

구두를 신으며

성큼성큼 매장으로
이끌더니
용돈 통장 선뜻

아른아른
미소로 풀어 놓던
열일곱 살
큰딸아이

함부로 걷지 못하리라
길 아닌 길
내딛지 못하리라

나설 때마다
새겨보는
내 마음의
거울

얼마 안 있어 지역에서 발간하는 문학지에 발표를 했다. 그랬더니 어느 날 딸아이가 집에 있는 잡지를 보고 말했다.

"아빠, 이런 것도 시가 되네?"
"그럼, 아빠 시를 보고 좋다는 사람들도 많아."
"그래도 이건 괜히 닭살 돋잖아?"
"그래서 딸바보라는 말도 들어. 하지만 어때? 나는 좋은데…"

아이와 대화거리가 늘어난다는 것은 정말 행복한 일이다. 평소에 함께 있으면 특별히 할 말이 없어서 괜히 훈계를 하거나 잔소리를 늘어놓던 일이 줄어들고, 대신 뭔가 공동 주제로 할 이야기가 있으니 좋았다.

그랬더니 딸아이는 어느 날 또 아빠의 뱃살이 늘어나 허리를 잔뜩 조이는 바지를 보고 선뜻 용돈 통장을 풀었다. 나는 또 그것에 대해 한 편의 시로 화답했다.

바지춤을 추스르며

잃는 것만 아니구나
아프다고

누워도 깨어서도
부대끼면서

나잇살로 먹어가는
뱃살 허리살
조여대는 바지조차
미련 버리지 못할 때

버리라고 버리라며
용돈 통장
털어 댄
딸들의 미소

달달하게 녹아가는
허리춤의
통증

　그런 일이 자주 벌어지다 보니 이제 딸아이는 무엇을 사줄 때면 아예
즐기듯이 해맑은 미소를 지으며 묻는다.

"아빠, 이거 또 시로 쓸 거지?"

"그럼, 이런 걸 시로 안 쓰면 뭐를 시로 쓰냐? 아빤 이런 게 행복인걸."

딸바보라고 해도 어쩔 수 없다. 지금 내게는 시인이기 이전에 두 딸의 아빠로 무거운 짐을 지고 있기 때문이다. 그래서 두 딸이 잘 되었으면 하는 마음으로 소통의 시를 쓰고 있다.

다행히 지금까지 아이들이 잘 따라와 줬고, 나는 더욱 자신감을 갖고 이런 경험을 바탕으로 현장에서 더 많은 분들과 함께하며 〈소통과 힐링의 시창작교실〉을 이어가고 있다.

아버지라서

달라는 대로 모두
주고픈 마음
누군들 없으랴

해 봐라 까짓거
못할 게
뭐 있느냐

큰소리치지만 막상
얻고 싶은 것 다
누려 본 적 없기에

때로는 무거워지는 하늘
유난히 퍽퍽해 지는
삶의 무게

그래도
저래도 강한 척
든든한 척

아버지로
아버지라서

16화

가장 가까운 사람의 마음을 헤아려라

장 마

1.
하늘도 답답하면
어쩔 수
없나 보다

울어 울어
속시원히
털어 내는 걸 보니

벌판에
넘실거리는
황토빛 웅어리들

2.
받아 줄 누군가
있다는 건

축복이지만

사연도 나름나름
상처가
너무 크다

세상사 과유불급을
하늘도
깜빡 했나 보다

세상의 그 어떤 것도 절대적으로 좋고 나쁜 것이 없다. 좋은 것도 지나치게 활용하면 나쁜 결과를 초래하고, 아무리 나쁜 것도 적절히 활용하면 좋은 결과를 이끌어 올 수 있다. 마치 비가 적절하게 내리면 단비가 되지만, 지나치게 내리면 장마가 되어 큰 피해를 끼치는 것과 같다.

"저는 시 쓰는 것으로 마음의 상처를 풀고 있어요. 남이 뭐라고 하든 혼자 있을 때 가슴에 있는 응어리를 시로 쓰다 보면 괜히 가슴이 후련해지는 것을 느끼곤 해요. 내가 좋으면 좋은 것 아닌가요? 그런데 왜 꼭 긍정적인 내용을 써야 하죠? 왜 남을 의식해서 시의 형식이나 창작기법을 배워야 하죠?"

이런 말을 들을 때마다 나는 "이왕이면 긍정적인 시를 쓰고, 이왕이면 시의 형식이나 창작기법을 배워 나만의 시를 쓰자"고 한 말에 대한 반론으로 들려서 혹시 내가 과유불급을 한 것은 아닌가 조심스러울 때가 많다. 세상에 그 어떤 것도 절대적으로 옳은 것이 없다고 믿는 내가 어찌 내 의견만이 옳다고 내세울 수 있겠는가?

따라서 이런 말을 들을 때 나는 먼저 그 사람과의 관계를 따져본다. 어느 정도 공감대가 형성된 사람이라면 좀더 깊은 이야기를 나눌 수 있지만, 전혀 공감대가 형성되지 않은 사람이라면 무슨 말을 해도 반박에 부딪혀 자칫 서로의 감정만 상할 수 있기 때문이다.

여기에서는 지금까지 내 글을 읽고 공감대를 형성한 이들이 함께 한다는 것을 전제로 좀더 깊은 이야기를 나누는 방향으로 이야기를 전개하고자 한다.

"내가 좋으면 그게 곧 좋은 거 아닌가요?"

좋은 말이다. 내가 좋아야 남에게도 좋을 수 있다. 하지만 문제는 그것이 글쓰기라는 것이다. 글은 어떻게든지 다른 사람에게 영향을 끼친다. 글을 쓰고 발표까지 하면서 '내가 좋으면 그만'이라는 생각은 매우 위험하다. 기행시인으로 유명한 김삿갓이나 이상, 천상병 시인처럼 비정상적인 삶을 살고자 한다면 몰라도, 일상에서 행복을 추구하면서 그들처럼 유명세만 얻고 싶어 한다면 더욱 심각한 문제다. 적어도 자신이 추구하는 문학세계가 그들과 같다면 그 어떤 사람이 악평을 해대도 그들처럼 의연히 받아 넘겨야지, "나만 좋으면 좋은 거 아닌가요? 어쩌고 저쩌고" 이런 식으로 변명하지 말아야 한다. 이렇게 말하는 것 자체가 '나만 좋은 거'를 써놓고 '나를 알아주지 않는다'고 괴로워하는 이율배반적인 모습을 보이는 것이기 때문이다.

따라서 우리는 일상에서 추구하는 행복을 얻고자 한다면 더더욱 긍정적인 시를 써야 하고, 시의 형식이나 창작기법을 배워야 한다. 어차피 발표해야 할 시라면 나만 좋은 시가 아니라 적어도 내 시를 제일 먼저 봐줄 가족이나 가까운 이들이 함께 좋아할 시를 쓰기 위해 노력해 나가야 한다.

> **"병은 소문낼수록 좋다고 했습니다.** 병을 소문내야 더 빨리 치료 방법을 찾을 수 있기 때문입니다. 저는 이 말을 '마음의 상처(트라우마)'는 소문낼수록 좋다고 받아들였습니다. '마음의 상처'를 소문내면 반드시 나를 이해하고 배려해주는 사람을 만나서 삶의 큰 용기를 얻을 수 있기 때문입니다."

여기에서 중요한 것은 어떻게 '**잘 표현하느냐**'는 것이다. '마음의 상처'를 소문내는 것이 좋다고 배웠지만 정작 남을 배려하지 않고 자기 좋은 방식대로만 '**잘못 표현하면**' 오히려 감당하기 어려운 역효과를 불러올 수 있기 때문이다.

'소통과 힐링의 시창작교실'에서 빼놓지 않고 활용하는 동영상 중에

'대장금'이라는 드라마가 있다. 이란 국민의 70%이상이 시청했을 정도로 최고의 인기를 끌던 드라마인 '대장금' 중에 임금이 직접 음식맛을 보며 수랏간의 최고 궁녀를 뽑는 장면의 일부다.

세상에서 가장 맛있는 음식은 무엇이겠는가? 여러분이 요리사라면 임금님께 어떤 음식을 최고의 음식으로 올릴 것인가? 먼저 생각해 보고, 영화 속의 장면으로 들어가 보자.

대비 : 세 번째 과제는 주상에게 올리는 최고의 음식을 올리는 것이다. 네가 올린 최고의 음식은 무엇이었느냐?

장금 : 실은 한상궁 마마께서 당신의 동무와 사정이 있는 팔계탕을 올리라 했으나 사정이 생겨서 올리지 못했습니다.

대비 : 하면, 너는 최고의 음식을 올리지 못한 것이냐?

장금 : 마마, 하오나 제가 올린 최고의 음식은 있습니다.

중종 : 그게 무엇이냐?

장금 : 산딸기 전과이옵니다.

대비 : (산딸기 꼬치를 보면서) 이 산딸기 전과 말이냐?

장금 : 예, 마마.

왕비 : 이것이 최고의 음식인 이유가 무엇이냐?

장금 : 산딸기는 제 어머니가 돌아가실 때 제가 마지막으로 먹여드린 음식이옵니다.(잠시 호흡을 멈추었다가) 다치신 채 아무것도 드시지 못

했던 어머니가 너무도 걱정스러워 산딸기를 따서 혹 편찮으신 어머니가 드시지 못할까 봐 씹어서 입에 넣어드렸습니다. (잠시 뜸을 들였다가) 어머니께서는 그런 저의 마지막 음식을 드시고는 미소로 화답하시고는 떠나셨습니다. (머리를 조아리며) 전하께서는 만백성의 어버이이십니다. 비록 미천한 음식을 먹고도 미소로 화답하셨던 제 어미처럼 만 백성을 굽어 살펴 주시옵소서. 제 어미를 걱정하던 마음으로 전하께 음식을 올렸습니다.

– 드라마 '대장금' 중에서

장금이는 상처를 안고 있는 사람이라면 남들 앞에 꺼내기 힘든 어머니의 마지막 모습을 상기하며 태연하게 말하는 힘을 가졌다. 그것도 임금 앞에서 상대를 존중하며, 최대한 상대가 내 이야기를 경청하도록 예의를 갖춘 표현을 사용할 줄 알았다.

이것이야말로 글쓰기에서 우리가 배워야 할 표현기법이 아닐까 싶다. 마치 독자를 임금처럼 생각한다면 얼마나 신경 써야 할 것이 많겠는가?

실제로 우리 주변에는 장금이처럼 '마음의 상처'를 잘 표현해서 사람들의 마음을 사로잡는 이들도 많다. 그들은 그렇게 하기까지 정말 많은 노력을 기울였다. 인간의 심리를 배우고, 설득화법이나 소통의 기술을 배워 습관으로 완전히 익히기 위해 끊임없이 노력하고 있다.

글쓰기도 이와 같은 노력이 반드시 뒤따라야 한다. 정말 내가 좋아하는 글을 쓰고 싶다면, 먼저 좋은 글을 쓸 수 있는 환경을 만들기 위해서라도 내 글을 읽어줄 가장 가까운 이들을 배려하는 마음을 가져야 한다.

"내가 좋으면 그게 곧 좋은 거 아닌가요?"

이렇게 말하는 것은 극히 이기적인 마음이다. 내가 좋아하는 음식을 만들었으니 임금인 네가 먹든지 말든지 하라는 것과 비슷한 마음이다. 주변 사람에게 공감을 얻기도 힘들 뿐만 아니라 자칫하면 내게 엄청난 상처로 되돌아올 수 있다.

또한 이런 말은 어떤 이에게는 "내가 좋아하는 것을 당신이 부정하면 나는 상처를 받을 수 있으니 함부로 평가하지 말라"고 방어막을 치는 소리로 들릴 수도 있다.

"아픔도 함께 나눠야 그게 곧 좋은 거 아닌가요?"

우리는 아픔도 나누는 방법을 배워야 한다. 시창작을 선택했다면 더욱 '함께 나누는 공감의 장'을 넓히기 위해서라도 '시의 형식이나 시창작기법'에 관심을 갖고 열심히 배워 나가야 한다.

유리창

정지용

유리에 차고 슬픈 것이 어른거린다.
열없이 붙어 서서 입김을 흐리우니
길들은 양 언 날개를 파닥거린다.
지우고 보고 지우고 보아도
새까만 밤이 밀려나가고 밀려와 부딪치고,
물 먹은 별이, 반짝, 보석처럼 박힌다.
밤에 홀로 유리를 닦는 것은
외로운 황홀한 심사이어니,
고운 폐혈관이 찢어진 채로
아아, 늬는 산(山)새처럼 날아갔구나!

시창작교실에서 만나는 이들 중에는 이 시를 굉장히 어렵게 보는 이들이 정말 많다. 평소에 정지용 시인에 관심이 있는 사람이라면 알겠지만, 그렇지 않은 이들은 이 시가 무엇을 뜻하는지 모르는 경우가 더 많다.

이 작품은 한 편의 시가 시의 담겨 있는 표현만으로 독자에게 다가가지 않는다는 것을 잘 보여준다. 시는 시인의 삶과 결부시켰을 때 그 의미가 온전히 전달되는 경우가 많다. 이제 독자들 중에도 이 시에 얽힌 스토리를 알고 나면 그 뜻이 새롭게 다가올 것이다.

시인은 젊었을 때 네 살짜리 아들을 폐결핵으로 잃었다. 그때 시인은 아들 잃은 슬픔을 절제된 언어로 표현해서 이 한 편의 시를 창작한 것이다.

이제 어린 아들을 잃은 아버지의 입장에서 이 시를 다시 살펴보자. 어떤 느낌으로 다가오는가? 시인은 아들을 잃은 슬픔을 결코 슬프다고 직설적으로 표현하지 않았다.

시는 이런 맛이 있어야 한다. 내 아픔을 있는 그대로 표현해서 더 많은 사람에게 아픔을 주는 것이 아니라, 그 아픔을 대하는 나의 긍정적인 태도를 보여줌으로써 함께 하는 이들에게 뭔가 공감하고 위안을 줄 수 있는 내용을 담아야 한다. 그래서 독자들에게 오랫동안 사랑 받는 시로 회자되는 것이다.

17화

긍정적인 메시지를 담아라

겨울 햇살

햇살 쬐러 나선 베란다
시리게 파고드는 추위에
다시 바라보는 하늘

한겨울
이기게 하는
따스한 손길

나도 누군가에게
햇살 같은 사람
그런 사람이기를

고요히
새겨보는
아침

긍정적인 메시지를 분명하고 생생하게 그려나가는 작업은 꿈을 이뤄 나가는 방법으로도 최고다. 뇌과학자들은 꿈을 이루고자 한다면 먼저 그 꿈을 생생하게 그려보는 것이 중요하다고 한다. 그러면 뇌파가 긍정적으로 작용해서 반드시 그 일이 이뤄지도록 끌어당겨 준다는 것이다.

2001년 7월에 미식축구를 하다 불의의 사고로 전신마비가 된 매튜 네이글이라는 환자가 있었다. 사고가 난 지 3년 후인 2004년 6월 22일, 유명 외과 의사인 게르하르트 프라이스 박사의 집도로 네이글의 오른쪽 대뇌 운동피질에 뇌파를 읽는 전자칩을 장착했다. 머리에 장착된 칩은 컴퓨터에 연결되었고, 환자는 그 칩을 통해 생각만으로 마우스를 조정하고, 그림도 그리며, 인조팔도 움직이게 할 수 있었다.

– KBS 다큐 '마음, 몸을 지배하다' 중에서

한때 〈시크릿〉과 〈꿈꾸는 다락방〉 등의 책이 화제를 불러일으켰다. 인간의 두뇌에는 강력한 뇌파가 있어서 무엇인가 간절히 원하면 그것을 끌어들이는 힘을 발휘한다는 내용을 담고 있다. 이것은 매튜 네이글이라는 환자의 뇌파와 컴퓨터를 연결했던 전자칩의 발명으로 더욱 확실하게 증명되고 있다.

"지금 앞에 펼쳐진 것은 내 뇌파가 부른 것이라 인정하라."
"원하지 않은 것이 왔다면 먼저 잘못 새겨진 뇌파의 칩부터 바꾸
는 노력을 하자."

따라서 무슨 일을 하기 전에 먼저 뇌칩에 무엇을 새겼는지 점검해 보
는 것이 중요하다. 지금 이 순간 뇌칩에 긍정적인 메시지를 새기면 긍정
적인 게 오고, 부정적인 메시지를 새기면 부정적인 것이 온다는 것은 얼
마든지 예측할 수 있다.

아울러 지금 내가 살고 있는 삶이 원하는 대로 이뤄지고 있다면 몰라
도, 그렇지 않다면 모든 것은 내가 불러들인 결과라고 인정해야 한다. 그
래야 얼른 뇌칩에 새겨진 원하지 않는 주파수를 바꿀 수 있기 때문이다.

"끌어당김의 법칙은 '않아', '아니' 혹은 부정어를 처리하지 않는다. 당
신이 부정어를 말할 때, 끌어당김의 법칙은 이렇게 이해한다.
"파마가 잘못 나오지 않으면 좋겠어" → "파마가 잘못 나오면 좋겠어."
- 론다 번의 '시크릿' 중에서

인간의 뇌는 참으로 단순하다. 자신도 모르게 처음에 새긴 정보를 으
뜸 정보로 인식한다. 즉 "사랑해야지" 하면 바로 사랑이 새겨지지만,

"미워하지 말아야지" 하면 미움이 먼저 새겨지는 것이다. 따라서 진정으로 행복을 원한다면 의식적이든 무의식적이든 처음 사용하는 정보를 절대 긍정의 언어로 새기는 것이 중요하다.

"긍정적인 메시지를 분명하고 생생하게 그려라."

'소통과 힐링의 시창작교실'에서 주제와 심상을 활용해서 최대한 긍정적인 메시지를 생생하게 그리는 것을 중요하게 여기는 이유도 여기에 있다. 나 역시 시를 쓸 때면 항상 이 점을 가슴에 새기며 가급적 긍정적인 메시지를 분명하고 생생하게 그리기 위해 노력하고 있다. 그러다 보니 그런 일을 자주 접하게 되고, 아울러 주변에서 비슷한 생각을 하는 동료들도 많이 만나게 되었다. 정말 행복한 일이다.

아내가 웃고 있다

오세주

아내가 웃고 있다

얼큰한 뚝배기
마늘 쏭쏭 된장 파
시골국물에 찌개 준비
캬,

본인은 현모양처란다

그렇다 아내는
음식도
내조도 최고다
아내가 웃는다
사는 게 즐겁다고
지나 온 시간보다
앞으로의 시간을
기대함으로

소소한 일상으로
오늘도
아내가 웃고 있다

이 얼마나 긍정적인 메시지를 분명하고 생생하게 그린 작품이던가?
시인은 일상의 소소한 이야기로 아내를 향한 사랑을 긍정적인 메시지로
분명하고 생생하게 그리고 있다. 이 땅의 남편들이 은퇴 후에 그 누구보
다도 더 오래 함께 해야 할 아내를 위해 이처럼 분명하고 긍정적인 메시
지로 사랑을 표현하는 법을 배운다면 어떤 일이 벌어질까?

괜시레 미안하다

오세주

여보, 나 외출해도 돼요?

일을 마친 아내가
지친 음성으로
넌지시 말문을 연다
쌀쌀한 날이다
추운 기색도 없이
아내는 외출을 한다

얼마나 흘렀을까
양손의 쇼핑백
덥석 입어보란다
따뜻한 겨울 잠바

나만 챙긴다
괜스레
미안하다

　시인의 뇌칩에는 아내를 향한 사랑의 메시지가 분명하고 생생한 이미지로 새겨져 있다. 어디 그뿐인가? 뇌파뿐만 아니라 이렇게 생생하고 분명한 한 편의 시로 표현해서 끊임없이 소통을 시도하고 있다. 그의 아내가 남편의 이런 마음을 확인하고 어떤 마음을 가질지 상상하는 것만으로도 행복하다. 소소한 행복이라도 자꾸 표현하다 보면 그것은 더욱 선명하게 뇌칩에 새겨지기 마련이고, 그렇게 새겨진 긍정적인 이미지는 어떤 형태로든 뇌파에 긍정적인 영향을 불러일으킬 것이다.

어느 아내가 이런 시를 써가며 소통을 시도하는 남편의 사랑을 소홀히 할 수 있을까? 이제 이 땅의 많은 남편들이 이처럼 아내를 위한 분명하고 생생한 사랑의 메시지를 담은 시를 쓸 일만 남았다. 상상만 해도 정말 행복한 일이다.

리코더 연주회

오미자 (춘천시)

햇님을 찾네

수많은 아이들 중에
햇님은 오직
하나

열 살 딸아이
첫 연주회
나도 이제
엄마인가 봐

"사랑해, 엄마!"

초등학교 3학년 딸아이는 엄마의 시를 보고 이렇게 말하며 환한 웃음으로 안겨왔다고 한다. 어머니는 아이가 시를 얼마나 이해했는지 알고 싶어 슬쩍 물어 보았다고 한다.

"너, 이 시가 무슨 뜻인지 알아?"
"엄마, 내가 연주할 때 엄마한테 햇님처럼 보였다는 거잖아."
"어떻게 알았어?"
"에이, 나도 그 정도는 알아. 엄마, 사랑해."

엄마의 뇌파에 햇살로 새겨진 아이가 어찌 햇살 아닌 다른 모습으로 다가올 수 있으랴. 아이의 대한 사랑을 한 폭의 그림처럼 분명하고 생생하게 그린 한 편의 시가 진정 내가 원하는 아이로 만드는 길이라는 것을 알 수 있으리라.

제주도 용두암에서

송금자 (이천시)

시아버지 첫생신
이벤트 챙긴
새아가

석양이 질 때
가장 아름다운
해삼에 막걸리 한 잔

동동 비추는 수줍은 미소
파도에 새겨진
새아가 예쁜 마음

한라산 봉우리가
미소로 받는구나

　시어머니가 하나뿐인 며느리를 위해 쓴 시다. 시어머니의 뇌칩에 새겨
진 이처럼 아름답고 분명한 그림을 확인한 며느리 뇌칩에는 무슨 그림
이 그려질까? 상상하는 것만으로도 행복한 일이다.

봄 찾는 마음

햇살 밝은 웃음
아장아장

꽃샘바람 간혹
심술 부려도

망울망울

퍼져나가는

봄 찾는 마음
좋아라 좋아라

아지랑이
아롱아롱

18화

비유와 상징으로 창의력을 발휘하라

황혼가

산새도 물새도
스러지는
그림자도

때가 되니 노래하네
전전반측
베갯잇을

털어야
털어 버려야
별이 되는 사연을

"근데 선생님, 시를 쓰려니까 참 재미는 있는데 힘이 드네유."

"뭐가 재미있고 뭐가 힘이 드시는데요?"

"시를 쓰려고 하니 생각은 자동차처럼 막 고속도로를 달려가는데 손끝은 땅바닥을 기는 굼벵이처럼 따라가질 못하니까 재미있기도 하고 힘도 드네유."

나는 지금도 그 순간을 잊을 수 없다. 수업시간에 말씀하시는 어르신의 한 마디 한 마디가 그대로 시처럼 들려왔기 때문이다.

"와우, 어르신! 지금 뭐라고 그러셨죠? 제 생각에는 지금 그게 최고의 시 같은데…."

"……?"

"지금 시를 쓰려고 했더니 뭐가 어떻다고 하셨죠?"

"그러니까 생각은 자동차처럼 고속도로를 달리는데 손끝은 땅바닥을 기는 굼벵이처럼 따라가지를 못하니 재미있기도 하구 힘들다구 그랬쥬."

"그러니까 지금 바로 그 말을 그대로 쓸 수 있다면 그게 곧 시가 아닐까요?"

나는 그 자리에서 어르신과 이야기를 주고 받으며 컴퓨터 자판기를 두드리며 입력시켰다.

"한글을 배우다 보니 생각은 고속도로를 달리는 자동차처럼 빨리 지나가는데 한 글자 한 글자 쓰려고 해도 손끝이 굼벵이처럼 따라 가지를 못하니 재미있기도 하지만 답답하다."

그리고 이 글을 공개하며 어르신들에게 시의 기본요소인 행과 연을 가르고, 운율이 느껴지도록 만드는 법을 알려드렸다.

"시는 이렇게 줄글로 쓰는 것보다 적당히 줄을 끊어 가면서 보기 좋게 만들어 주는 것이 좋아요. 한 줄을 띄는 것을 행이라고 하고, 덩어리로 묶는 것을 연이라고 하는데, 연은 한 행을 더 띄어 주면 자연스럽게 만들어 지는 거예요."

이렇게 말하면서 자판기를 두드리며 그 자리에서 바로 행과 연을 띄어 보았다.

제목 : 한글교육

생각은 고속도로를 달리는
자동차처럼 빨리 지나가는데

한 글자 한 글자
잘 쓰려고 해도
손끝이 땅바닥을 기는
굼벵이처럼 따라가지를 못하니

재미있기도 하지만
갑갑하다

"어르신, 어때요? 이러면 어르신이 하고 싶은 뜻이 다 담겼다고 할 수 있나요?"

"그렇기도 하지만, 한글을 빨리 배우고 싶다는 마음이 빠졌네유."

"그렇다면 한글을 빨리 배우고 싶다는 말을 어디에 넣는 게 좋을까요?"

"그냥 뒤에다 넣는 게 좋지 않을까유?"

"그래요? 그럼 이렇게 하면 될까요?"

나는 뒷부분에도 이렇게 써 보였다.

어렵고 어렵다.
한글교육.

나는 언제나 빨리
따라 배울 수 있을까?

이렇게 놓고 보니 어르신이 만족하시는 표정을 지었다. 이제 시처럼 운율이 느껴지도록 자꾸 읽어보면서 읽기 힘든 곳을 살짝 바꿔 보자고 했다. 이야기를 주고 받으며 살짝 손을 보기 시작했더니 이렇게 완성된 작품이 나왔다.

한글교육

정경분

생각은 고속도로를 달리는
자동차처럼 빨리 지나가는데
한 글자 한 글자
잘 쓰려고 해도

손끝은 땅바닥을 기는
굼벵이처럼 느리니

어려워라 어려워라
늦게 배우는 한글교육

언제나 따라 잡을까
언제쯤 다 배울 수 있을까

　이런 식으로 수업 시간에 어르신들과 이야기를 나누다 보면 그 말 자체가 곧 시어인 경우가 많았다. 나는 얼른 자판기를 두드려 입력하고 시의 3요소인 주제와 운율, 심상을 다뤄가며 살짝 손을 봐주기 시작했다. 어르신들은 신기해하며 재미를 붙이기 시작했다.

칠십에 띄우는 편지

조경식

여름 무더위 콩밭에서
땀에 젖은 베적삼을
말리시던 어머니

오누이 굶기지 않으시려
손발이 터지도록
매달리던 세월의 아픔

고희 넘겨
글을 배워 이제야
편지를 올립니다
어머니

어떤 분은 그 자리에서 직접 편지를 썼다가 함께 행과 연을 가르면서
위와 같은 시를 만들어 내셨다. 나름대로 뿌듯한 성취감을 느끼는 것이
표정으로 역력히 드러났다.

자전거 추억

이옥남

우리딸 넘어질라
다칠라
아버지 밀어 주시며

멀리도 못 가게
하시던 아버지

소학교 입학하자마자
터진 전쟁통에
배울 기회 놓쳐서

이제야
아버지 사랑
글로 써 봅니다

　우리는 즉석에서 주고받는 이야기로 시를 써가며 이렇게 소통하고 있
었다. 나는 이야기를 나누는 중에 어르신들의 생생한 경험담을 들을 수
있어서 좋았고, 어르신들은 뭔가 해냈다는 성취감을 느낄 수 있어서 좋
아하셨다.

19화

보편적인 상징어를 익혀라

첫 눈

해마다 가슴을
들쑤시는
마력

설레는 마음만 챙겨도
살 만한
세상이니

항상 깨어 있으라며

겨울의 길목에서
미몽(迷夢) 깨워주는

영혼의
자명종

아무리 좋은 사람을 만나도 그 관계가 지속되면 언젠가는 힘든 시기를 겪게 마련이다. 힘든 시기를 벗어나는 방법 중에 하나는 그 사람과 좋았던 기억을 떠올리는 것이다. 그러면 고비를 넘길 수 있고, 또 다시 좋은 관계를 유지할 수 있다.

나는 이런 생각을 떠올리며 첫눈이 내렸을 때 설 던 마음을 유지하면 아무리 추운 겨울도 잘 버텨낼 수 있을 거라고 생각했다. 이것이 '첫눈'이라는 시의 모티브다.

시에 쓰이는 '겨울'이라는 시어는 대개 '시련'이나 '고통'을 상징한다. 그래서 일제강점기에 쓰인 시에 나타난 '겨울'은 '암담한 시대현실'로 해석하곤 한다. 하지만 나는 학창시절에 '겨울'을 이렇게 표현하는 것을 이해할 수 없었고, 도저히 받아 들일 수도 없었다.

"가장 좋아하는 계절은?"

"겨울이요."

"왜?

"흰 눈이 있어서 좋아요."

학창시절에 나는 겨울이 제일 좋은 계절이라고 서슴없이 말했다. 엄밀하게 따지면 겨울이 좋다기보다 봄이 더 싫어서 그렇게 생각한 것이다. 학창시절의 봄은 정말 싫었다. 3월이면 얼었던 땅이 녹아 질퍽질퍽해진 길이 싫었다. 버스를 타러 정류장까지 갈 때는 운동화에 질퍽질퍽한 흙이 붙었고, 그렇게 만원버스에 짐짝처럼 실려 읍내 학교로 통학하는 길은 정말 고통의 연속이었다. 어디 그뿐인가? 주말이면 겨우내 쌓였던 퇴비나 인분을 논밭으로 져 날라야 했고, 거의 6월까지 고추모종, 모내기 등 해야 할 일이 많아서 정말 싫었다.

그래서 국어 시간에 시를 배울 때 선생님께서 '겨울'을 시련과 고통의 계절로 해석하고, '봄'을 희망과 꿈의 계절로 해석하는 것을 이해할 수 없었다.

끊임없는 광음을
부지런한 계절이 피어선 지고
큰 강물이 비로소 길을 열었다

지금 눈 내리고
매화 향기 홀로 아득하니
내 여기 가난한 노래의 씨를 뿌려라

다시 천고의 뒤에 백마 타고 오는 초인이 있어
이 광야에서 목놓아 부르게 하리라
- 이육사의 '광야' 중에서

"선생님, 저는 '눈'이 좋은데, 왜 이 시에서는 '지금 눈 내리고'라는 말을 '일제강점기'로 해석해야만 하죠? 시인은 그냥 눈 내리는 장면을 노래한 것일 수 있잖아요?"

"물론 그렇게 생각하는 것은 너의 자유야. 하지만 우리는 **교육을 통해 보편적 정서라는 것을 배워야 해**. 오래 전부터 우리 선조들은 '겨울'을 고통스러운 계절로 표현했고, 그때 내리는 눈은 그 고통을 더욱 심화시키는 소재로 활용하곤 했지. 그러한 눈 속에 핀 매화를 지조를 지키는 선비정신에 빗대어 표현하기도 했고."

"그러면 저처럼 눈을 좋아하는 사람은 어떻게 해야 하죠?"

"네가 아직 어려서 그렇지 어른이 되면 달라질 걸. 겨울이 힘든 계절이라는 보편적 정서라는 것을 이해하려면 좀 더 커야 할 걸."

지금 생각해 보면 말도 안 되는 질문이었지만 선생님은 정말 친절하게 설명해 주셨다. 그럼에도 불구하고 나는 선생님의 말씀을 온전히 받아들이지 못하겠다는 표정을 짓곤 했다. 그러면 마음씨 좋은 선생님은 이런 부분을 상세히 짚어 주시며 보편적 정서를 이해해야 한다고 강조해 주셨다.

> 백설이 잦아진 골에 구름이 머흘러라
> 반가운 매화는 어느 골에 피었는고
> 석양에 홀로 서서 갈 곳 몰라 하노라.
> – 이색의 고려 '시조' 전문

"이 시조를 봐도 마찬가지야. 겨울에 눈이 내렸는데, 구름까지 끼었지. 그런데 시인은 매화가 피어 있는 골을 그리워하고 있어. 즉 고려말기에 나라가 위기에 처한 것을 '백설'과 '구름'으로, 절개를 지키는 선비를 '매화'로 표현하고 있지. 즉 시인은 자신과 함께 할 '매화'가 없음을 안타까워하며 시대를 슬퍼하는 것이지."

"시인이 꼭 그렇게 생각하고 썼을까요?"

"그건 내가 이 분이 아니니까 모르지. 하지만 옛날부터 '매화'는 사군자라고 해서 선비들이 본받고 싶은 것으로 표현했지. 겨울이라는 계절에 더욱 돋보이는 존재였기 때문이야. 농경사회였던 우리 민족에게 '겨울'은 정말 살기 힘들었어. 그래서 '겨울', 또는 '눈'은 부정적으로 쓰인 경우가 많아. 이것이 우리의 보편적 정서로 자리 잡았고, 이것을 상징이라고 하지. 무슨 말인지 알겠어?"

선생님의 말뜻을 이해하지 못한 것은 아니다. 단지 내가 좋아하는 '겨울'을 나쁜 뜻으로 해석해야 한다는 것을 받아들일 수가 없었던 것이다. 지금 생각해 보면 그때 조금이라도 더 상세히 이해시키려고 배려해주신 선생님께 정말 감사하고, 또 한편으로 한없이 죄송할 뿐이다.

그랬던 내가 군대를 다녀오고, 사회생활을 하면서 좋아하는 계절이 완전히 바뀌었다. 한겨울에 훈련장에서 보초를 서기 위해 꽁꽁 언 군화를 끌어안고 텐트 속에서 자야 했고, 제대 후 자취하면서 연탄불이 꺼진 방에서 오돌오돌 떨었을 때, 결혼 후 월급의 절반 이상이 겨울철 난방비로 나갈 때, 나는 비로소 선생님께서 말씀하신 겨울이 '시련'과 '고통'을 상징하는 우리 민족의 보편적 정서라는 말의 뜻을 온몸으로 느낄 수 있었다.

축구와 야구를 전혀 모르면 흥미를 가질 수 없다. 적어도 기본적인 규칙을 알고, 기본적인 전술을 조금이라도 알기 시작할 때 재미를 느낄 수 있다.

시창작과 감상도 마찬가지다. 시가 어렵다는 것은 그만큼 보편적 정서가 반영된 상징적인 시어에 대해 모르기 때문인 경우가 많다. 따라서 시에 관심이 있다면 적어도 시에 적용된 핵심 규칙을 배워야 한다. 자신의 의도와 관계없이 해석될 수 있는 보편적 정서가 담긴 시어에 대해 공부하고, 그런 시어를 쓸 때는 더더욱 신중을 기해야 한다.

한글을 배우고 나니

김숙희

눈이 녹는다
소복이 쌓인 눈이 녹는다

눈이 녹으니 내 마음도

두꺼운 옷을 벗는다

하얀 눈 속에 숨었던
내 안의 삶이 보인다

들판에 파릇파릇
봄 세상이 얼굴을 내민다

상징적인 시어에 대해 모르고 쓸 때와 알고 쓸 때는 그 의미가 분명히 다르다. 김숙희 어르신은 뒤늦게 한글을 배우고 시를 쓰기 시작하셨지만, 보편적인 정서가 담긴 시어의 상징성에 대해 설명해 드렸더니 바로 이해하고 다음과 같은 시를 써 오셨다. 그냥 봐도 가슴에 와 닿는 시이지만, 시어의 상징적인 의미를 알고 보면 더더욱 심금을 울리는 시다. 한글을 모르고 살아온 시절을 눈 덮인 시기로, 이제 한글을 배우면서 새로운 세상을 보기 시작한 것을 '봄 세상이 얼굴을 내민다' 로 표현한 것이 정말 실감있게 다가온다.

물론 모든 시에서 '눈' 이라는 시어가 부정적인 의미로만 쓰이는 것은 아니다. 단지 시인이 그것을 알고 썼느냐, 모르고 썼느냐가 중요하다. 알고 쓰면 그 쓰임을 잘 활용할 수 있지만, 모르고 쓰면 자신도 모르게 그 쓰임을 잘못 선택해서 부정적인 의미로 해석될 수 있기 때문이다.

여든셋 눈 세상

김금순

눈이 내리기 시작하더니 어느 새 꽃잎과 같은 반가운
손님 마구 오시네 잠깐 동안 온 세상을 하얗게 바꾸었네
이 집 저 집 추울 새라 목화솜 같은 이불 덮어 주었네 산
과 들도 눈부시도록 비쳐 주네 새하얀 몸과 마음 함께 상
쾌하니 마구 눈 위에 뒹굴고 싶네

이 시는 눈을 긍정적으로 표현한 시다. 순수한 마음을 가진 어르신의
시세계가 그대로 드러나 있다. 여기에서 '눈'은 누구에게나 포근한 이미
지로 다가올 것이다. 문맥으로 그 뜻을 분명히 전달하고 있기 때문이다.
'눈'은 이처럼 순수하고 따뜻한 세계를 의미할 수도 있다.

하지만 대개 많은 시에서는 '눈'과 대조되는 '매화', 또는 '봄' 같은
시어와 함께 쓰이며 '시련, 고난'과 같은 부정적인 의미로 쓰인다는 것
을 알아야 한다.

초보자 중에는 이와 같은 상징적인 시어의 의미를 인식하지 못하고
'어둠'이나 '겨울'이라는 시어를 쓰고, 자신은 여기에 좋은 의미를 부여
한 것이라고 말하는 경우가 많다. 물론 그렇게 해서 뜻이 올바로 전달된
다면 좋은 것이다. 하지만 대개 이런 시는 그 뜻이 시인의 의도와 다르
게 해석되는 경우가 많다. 결국 독자들의 공감을 이끌어내지 못하고 자

신만이 좋아하는 시로 떨어지기 십상인 것이다.

서시

　　윤동주

죽는 날까지 하늘을 우러러
한 점　부끄럼 없기를
잎새에 이는 바람에도
나는 괴로워했다
별을 노래하는 마음으로
모든 죽어 가는 것을 사랑해야지.
그리고 나한테 주어진 길을
걸어가야겠다.

오늘 밤에도 별이 바람에 스치운다

　윤동주의 '서시'는 그냥 그 자체로 좋아하는 사람이 많다. 그런데 이 짧은 시에는 보편적 정서가 담긴 상징적 시어가 잘 배열되어 있다. 그래서 더욱 많은 이들의 사랑을 받을 수 있었던 것이다. 이 시에 쓰인 시어의 상징적인 의미를 고려해서 이 시를 이렇게 해석하는 사람들이 많다.

　　하늘 : 절대자, 구원, 희망 등
　　잎새 : 흔한 것, 일반 국민 등

바람 : 고난 , 허무, 방황 등

별 : 이상, 꿈, 희망 등

길 : 운명, 인생 등

밤 : 절망, 암담한 현실 등

죽은 날까지 절대자(하늘)를 우러러, 한 점 부끄럼 없이 살겠다며 식민지 조국에서 고통(바람) 받는 사람들(잎새)을 외면할 수 없어서 괴로워한다. 하지만 조국광복의 희망(별)을 잃지 않고 모든 것을 사랑하며, 묵묵히 자신에게 주어진 인생(길)을 살아가야겠다고 다짐한다. 하지만 일제강점기 고통받는 현실은 암담하고(밤), 현재(오늘)도 광복의 꿈(별)은 혹독한 시련과 고통(바람)이 이어지고 있다.

시인이 정말 이런 의도로 시를 썼냐고?

그것은 누구도 장담하지 못한다. 어쩌면 시인은 전혀 다른 의도로 썼을지도 모른다. 중요한 것은 시를 보는 사람들은 시어의 상징적 의미를 중요하게 여긴다는 것이다. 따라서 독자와 공감하는 시를 쓰려면 이런 부분을 결코 무시해서는 안 된다.

일반적으로 시어의 상징적인 의미에는 크게 네 가지가 있다.

①긍정적인 의미, ②부정적인 의미, ③화자의 감정이 이입된 객관적

상관물, ④화자의 정서와 반대되는 객관적 상관물 등이 그것이다.

    나는 무엇인지 그리워서
    이 많은 ①별빛이 내린 언덕 위에
    내 이름자를 써 보고
    흙으로 덮어 버리었습니다

    딴은 ②밤을 새워 우는 ③벌레는
    ②부끄러운 이름을 슬퍼하는 까닭입니다

    그러나 ②겨울이 지나고 나의 ①별에도 ①봄이 오면
    ②무덤 위에 ①파란 잔디가 피어나듯이
    내 이름자 묻힌 언덕 위에도
    자랑처럼 ①풀이 무성할 거외다
    – 윤동주의 '별 헤는 밤' 중에서

① 별빛, 별, 봄, 파란 잔디, 풀 등은 긍정적인 의미가 담겨 있다.

② 밤, 부끄러운 이름, 겨울, 무덤 등은 부정적인 현실인식이 담겨 있다.

③ 벌레는 창씨개명을 하고 언덕에 올라 부끄러운 이름을 슬퍼하는 시적화자의 정서를 대변하는 자연물이다. 이것을 감정이입된 객관적 상관물이라고 한다.

황조가

유리왕

펄펄 나는 저 ④꾀꼬리
암수 서로 정다워라
외로워라, 이 내 몸은
뉘와 함께 돌아갈까

④ 꾀꼬리는 외로운 시적화자의 정서를 더욱 고조시키는, 즉 화자의
정서와 반대되는 객관적 상관물이다.

축구에서 골대에 골이 들어가는 것을 골인이라고만 알고, 골인이 무효
가 될 수 있는 업사이드라는 규칙을 모른다면 축구를 온전히 즐길 수 없
다. 야구도 홈런과 안타만 알고, 점수 나는 법만 안다면 역시 야구를 제
대로 즐길 수 없다.

시도 마찬가지다. 시의 3요소인 주제, 운율, 심상만 안다고 해서 시를
온전히 즐길 수는 없다. 그래서 우리는 옛 사람들이 하나둘 축적해 놓은
보편적 정서가 담긴 상징적인 시어의 특징을 익혀야 한다. 아는 만큼 즐
길 수 있다.

20화

시의 3요소 주제, 운율, 심상을 살려라

짝사랑

들킬라
알세라

두두근
조마조마

놓칠라
아까워

실실실
헤식헤식

우리는 시창작에 익숙한 뇌구조를 가졌다. 지금은 외국 문법이 남용되면서 직설적인 화법이 많이 쓰이고 있지만, 불과 몇십 년 전만 해도 어른들은 상대를 배려해서 돌려 말하는 것에 능숙했다. 시의 묘미는 바로 여기에 있다. 상대에게 상처를 주기 쉬운 직설적인 말보다 상대의 마음을 헤아리며 돌려 말하는 법을 잘 활용하면 그것이 곧 시의 기초를 다지는 것이다. 요즘 아이들에게 시창작교실을 통해 직설적인 말보다 비유와 상징을 통해 돌려말하는 법을 가르치는 것은 정말 의미있는 일이다.

"선생님도 짝사랑 해봤어요?"

"그럼, 세상에 짝사랑 안 해 본 사람도 있을까?"

"그때 기분이 어땠어요?"

"그걸 어떻게 말로 표현하냐? 사람마다 느낌이 좀 다르지 않을까?"

"선생님, 너무 불쌍해요. 사랑하면 사랑한다고 고백하지 왜 이렇게 끙끙 앓기만 해요?"

"내가 고백을 못했는지 어떻게 알아?"

"에이, 여기 다 드러나 있잖아요? 말도 못하고 실실실 웃고 있었다면서요?"

아이들도 기본적으로 시를 감상할 줄 안다. 시험 문제에 나오는 것처럼 운율이 어떻고, 심상이 어떻고, 표현법이 어떻다는 것은 몰라도, 시를 보고 그 속에 담겨 있는 주제가 무엇인지 이해하고 받아들일 줄은 다 안다.

창작의 기초는 모방이다. 이 점을 강조하며 아이들에게 먼저 내 시를 보여주고 '짝사랑'을 주제로 시를 써보자고 했다. 얼마 안 있어 한 여학생이 쓱싹쓱싹 하더니, "선생님 시를 따라 해봤어요. 이것도 시가 될까요?"라며 방금 쓴 글을 보여주었다.

짝사랑

매일매일 마음 속에서 숨바꼭질을 한다
안 보이게 숨고 싶다 들키지 않게 숨고 싶다
하지만 들켰다 꼼짝없이 걸렸다 더 이상 숨을 곳이 없다
이제 난 어디로 숨어야 하나? 정말 창피하다 숨고 싶다

나는 얼른 이것을 칠판에 쓰고 공개적으로 강의를 했다.

"자, 이 시 어때? 좋지?"

시만 써 놓으면 딴죽을 거는 학생이 있어 먼저 좋다는 쪽으로 선수를
치고 밀어붙였다. 이렇게 질문을 하면 아이들도 대개 좋은 쪽으로 보려
고 머리를 굴리기 시작한다.

"이 시에는 짝사랑하는 마음이 참 잘 드러나 있잖아?"
"그러네요."

그러자 동조하는 아이가 생겼다. 집중도를 높이기 위해 바로 뒷말을
이어갔다.

"이 시는 '짝사랑'이라는 주제를 참 잘 표현했어. 그러니까 좋은 시야. 그런데 우리 학교에서 배운 대로 조금만 더 살펴볼까? 먼저 국어 시간에 시를 배울 때 시가 꼭 갖춰야 할 3요소가 뭐라고 했는지 아는 사람?"

"……."

역시 이론에 약한 아이들이라 아무런 대답이 없다. 아니, 오히려 괜히 어려운 국어 문제 가르친다고 딴짓을 하는 아이가 생겼다. 나는 그것을 무시하고 얼른 시의 핵심이라며 교과서에서 가르치는 시의 3요소를 칠판에 썼다.

시의 3요소
1. 의미적 요소 : 주제
2. 음악적 요소 : 운율
3. 회화적 요소 : 심상

"시에서 중요하게 여기는 3요소가 뭐라고 했지? 자, 따라 해보자. 주제, 운율, 심상!"

"주제, 운율, 심상!"

그러자 몇몇 아이들이 따라하면서 집중이 됐다. 나는 얼른 고삐를 낚

아채듯이 속사포처럼 쏘아댔다.

"그렇다면 이 원칙에 의해 다시 한번 친구가 쓴 작품을 살펴 보자. 먼저 주제가 뭐였지?"

"짝사랑이요."

"그렇지. 그래서 이 시는 주제를 정말 잘 드러낸 좋은 작품이라고 한 거야. 누가 봐도 이 시에는 짝사랑하는 사람의 절실함이 담겨 있잖아? 그렇지?"

"예!"

"그러니까 우선 잘 썼다고 박수를 쳐주자."

"와아! 짝짝짝!"

아이들이 박수를 쳐주자 시를 쓴 여학생은 얼굴을 붉히면서 환한 미소를 지었다. 이쯤에서 넘어가는 것도 좋았지만, 그래도 학교에서 배우는 운율과 심상을 이해시키고 싶어서 한 발짝 더 내딛기로 했다.

"자, 그렇다면 이제 시에서 중요한 두 번째 요소가 뭐였지? 운율이잖아? 운율은 시를 읽을 때 느껴지는 자연스러운 가락, 또는 리듬을 말하잖아. 그렇다면 먼저 한번 읽어보자. 이 시의 운율은 어떻게 이뤄져 있는지… 자, 먼저 읽어 보자."

매일매일 마음 속에서 숨바꼭질을 한다. 안 보이게 숨고 싶다. 들키지 않게 숨고 싶다.

"어때? 자연스럽게 읽히나? 읽는데 좀 불편하지 않아?"

"……?"

"왜 그럴까? 운율은 주로 글자 수로 이뤄져. 이것을 음수율이라고 하지. 주로 3, 4, 3, 4, 즉 세 글자와 네 글자를 반복하는 것이 좋아. 옛날부터 민요와 시조는 거의 다 이렇게 쓰였잖아. 그래서 이런 것을 형식이 정해졌다고 해서 정형시라고 하는 거야. 무슨 말인지 알겠어?"

"……?"

쉽게 알아들을 것이라고 생각하면 오산이다. 어렵다고 딴짓하는 아이들이 늘어나면 안 되겠기에 속사포처럼 밀어 붙일 수밖에 없다.

"그런데 지금은 자유시라고 해서 이렇게 엄격하게 글자 수를 지키는 시는 별로 없어. 하지만 그래도 읽다 보면 자연스럽게 호흡을 찾을 수 있도록 해주는 것이 좋아. 운율이 없는 시는 좋은 시라고 할 수 없기 때문이지. 운율을 살리기 위해서는 가끔 문장의 형식을 뒤집을 수도 있어야 해. 자, 이 구절을 한번 이렇게 바꿔 보면 어떨까?"

나는 첫 구절을 읽기 좋게 살짝 바꿔서 칠판에 적어 보았다.

매일매일 마음 속에서 숨바꼭질을 한다

→ 숨바꼭질을 한다 마음 속에서

"따라 해 볼까? 숨바꼭질을 한다, 마음 속에서."

"숨바꼭질을 한다, 마음 속에서."

"어때? 한결 자연스럽지. 그리고 매일매일이라는 말은 있어도 좋지만 없어도 무난하잖아. 운율을 생각한다면 차라리 빼는 것이 좋지 않을까?"

"……!"

"이것을 문장순서를 바꿨다고 해서 도치법이라고 하는데, 굳이 몰라도 좋으니까 운율을 생각해서 살짝 바꾸는 연습도 해보자. 알았지?"

"예."

나는 다음 행도 반복되거나 필요하지 않은 글자는 빼는 것이 좋다며 읽기 편하게 불필요한 글자를 빼고 살짝 글자 수를 맞추는 법을 가르쳐 주었다.

안 보이게 숨고 싶다. 들키지 않게 숨고 싶다.

→ 숨고 싶다 안 보이게 들키지 않게

"여기도 마찬가지야. 여기서 굳이 '하지만'이라는 말을 쓰지 않는다고 문제가 생기나? 아니지? 그러니까 이런 말은 가급적 빼고, 꼭 필요한 말만 남기면 더욱 좋지 않을까? 이런 식으로 말야."

하지만 들켰다 꼼짝없이 걸렸다 더 이상 숨을 곳이 없다
→ …들켰다 걸렸다 꼼짝없이 더 이상 숨을 곳이 없다.

"마지막도 마찬가지야. 굳이 창피해서 숨고 싶다는 말을 쓸 필요가 있을까? 이 말은 없어도 주제를 드러내는데 큰 문제가 없잖아? 굳이 없어도 되는 말이면 빼는 것이 좋아. 이렇게 바꿔 보면 어떨까?"

이제 난 어디로 숨어야 하나? 정말 창피하다 숨고 싶다.
→ 이제 난 어디로 가야 하나?

그런 식으로 운율에 맞춰 한 문장 한 문장 다뤄다 보니 어느 새 이렇게 정리가 되었다.

숨바꼭질을 한다 마음 속에서
숨고 싶다 안 보이게 들키지 않게
들켰다 걸렸다 꼼짝 없이 더 이상 숨을 곳이 없다
이제 난 어디로 가야 하나?

"어때? 처음보다 훨씬 읽기 편하지? 그러니까 이제 주제와 운율을 갖췄다고 볼 수 있는 거야. 그렇다면 이제 시의 3요소 중에 뭐가 남았지?"
"심상이요."

"맞아, 심상이야. 외래어로 이미지라고 하는데, 글을 읽었을 때 마음에 그림처럼 새겨지는 형상을 말해. 사람의 두뇌는 기억의 한계가 있어 웬만한 것은 금방 잊어버리는 게 정상이야. 그래서 현명한 사람들은 무엇을 배우면 무조건 외워서 두뇌에 저장하는 것보다 마음에 그림처럼 새겨서 저장하는 것이 더 오래 간다는 것을 알고 마음에 그림처럼 새기는 심상을 활용한 거야."

"······?"

"어쨌든 시는 머리로 외우게 하는 것보다 먼저 그림처럼 가슴에 새기게 하는 것이 좋아. 그래서 행과 연을 띄어서 먼저 눈에 잘 띄게 만드는 법을 배워야 해. 자, 이제 이 시를 눈에 더 잘 띄게 만들기 위해 이렇게 행과 연을 띄어 주는 것이 좋아. 자, 어때?"

나는 행과 연을 띄어 주면서 적당히 문장부호를 만들어가며 이렇게 완성해 보았다.

짝사랑

중2학생

숨바꼭질을 한다
마음 속에서

숨고 싶다 안 보이게
들키지 않게…

… 들켰다
걸렸다 꼼짝없이
더 이상 숨을 곳이 없다

이제 난 어디로 가야 하나?

처음에 낙서처럼 글을 썼던 여학생의 얼굴이 환해졌다. 친구들도 감탄을 해주었다. 앞으로 더욱 시공부를 시켜야겠기에 나는 이렇게 말했다.

"자, 이제 이렇게 시를 썼으니 이것은 내가 쓴 시일까, 네가 쓴 시일까?"

질문을 받은 학생은 대답을 못하고 있는데 옆에 있는 학생이 얼른 말했다.

"에이, 그건 선생님이 쓴 시잖아요?"

그러자 여학생이 이 친구를 흘겨보았다. 선생님 시라고 하니까 뭔가 억울한 모양이다.

"왜 그런 표정을 짓는데?"

"그래도 이건 내 마음을 쓴 거니까 내 시가 아닌가요?"

"나도 그렇다고 보는데."

그러자 친구가 다시 말했다.

"에이, 그래도 선생님이 다 고쳤으니까 선생님이 쓴 시 아닌가요?"

"그래? 그렇다면 너는 네가 숙제를 해왔는데 틀린 곳을 선생님이 잡아 주면 그것도 네가 한 숙제가 아니라 선생님이 한 숙제라고 할 거야?"

"……?"

"물론 선생님이 이렇게 고쳐줬으니까 완전히 이 친구 작품이라고만 할 수는 없지? 하지만 이것만 알아줬으면 해. 이 시에서 선생님이 고치지 않은 것이 딱 하나 있어. 그렇기 때문에 나는 이 시는 내 작품이 아니라 친구의 작품이라고 하고 싶은 거야. 주제, 운율, 심상 중에 그게 무엇일까?"

"주제요."

"그렇지? 모든 글이 다 그렇지만 시에서도 가장 중요하게 다루는 것이 주제야. 나는 너희들이 배우는 학생이니까 선생님인 내가 운율과 심상을 고쳐주면 그대로 따라 하는 것도 좋다고 봐. 아직 학생이니까 고친 대로 공부해 나가면 되잖아. 지금은 공부하는 중이니까 선생님이 조금 고쳐줬다고 내 작품이 아니라고 하는 것도 문제가 있다고 봐. 왜냐고? 그러면 배울 수가 없잖아. 그리고 무엇보다 중요한 주제는 네가 잡은 거잖아. 그러니까 앞으로 주제만큼은 건드리지 않을 테니까 자신만이 쓸 수 있는 이야기를 썼으면 해. 운율과 심상은 지금처럼 선생님한테 배워가면서 끊임없이 다듬어 나가는 연습을 하면 되잖아. 물론 발표할 때는 나 혼자 쓴 것처럼 잘난 척하면 안 되겠지. 남들이 뭐라고 할 거니까. 하지만 나름대로 자부심을 가질 필요는 있다고 보는 거야. 왜? 내가 배우면서 쓴 거니까 내 작품이라고 해도 뭐라고 할 사람은 없으니까. 무슨 말인지 알겠지?"

이 학생은 이후에도 계속 짝사랑에 관한 시를 써왔다. 몇 번 운율과 심상에 대해 반복학습을 했더니 점차 형식도 갖춰 좋은 시를 써왔다. 그 모습을 보고 나는 뿌듯한 성취감과 함께 아이들의 순수한 마음이 활짝 피운 꽃들에 파묻혀 행복한 시간을 보냈다.

질투

중2학생

씩씩거리는 나의 마음 속
그대는 모른다
내가 왜 이렇게 화난 건지
겉은 착한 척
애써 아닌 척…
그대는 내 맘도 모르고 밀담을 하고
그대는 내 겉만 보고 딴 여자와 얘기하고

그대는 내 맘도 모르고…

과연 그대 날 사랑하는 걸까?
과연 나는 어떻게 해야 하나?

아이들은 정말 순수했다. 단지 상황이 따르지 않아 마음을 닫고 있을 뿐이었지, 시창작교실을 통해 이처럼 아이가 처한 상황에 대해 이해하고 공감해 주기 시작하니까 더 없이 순수하고 아름다운 마음을 열어 주기 시작했다.

여름

중2학생

가만히 있어도 땀이 흐른다
더운 날씨 주머니 속에 오백 원

머릿속을 스치는
집에 들어가는 장면

선풍기를 내 쪽으로 돌려주시는
할머니 오늘은…

오늘은 내가
할머니를 시원하게 할 차례

이 얼마나 아름다운 마음인가? 여기에 더 이상 무슨 설명이 필요하단 말인가? 단지 이 학생은 이렇게 시를 쓰면서도 현실이 답답하니까 감정을 이기지 못해 '욱!' 하는 성질이 있었다. 그때마다 나는 학생을 보고 "우리 시를 망신시키는 짓은 하지 말자."라고 할 때가 많았고, 그러면 이 학생도 얼른 알아듣고 '씨익!' 웃어주며 한 마음이 되곤 했다.

가을비에 젖은 날

중1학생

폐지 가득
유모차 끌고 가던
할머니

돌에 걸려
하늘도 우네

차마 그냥 갈 수 없어
우산 대신 씌어 드리니

촉촉 나도
비에 젖어 들었네

우리 사회가 유지되는 이유는 이런 마음을 가진 아이들이 아직 넘쳐

나고 있기 때문이다. 비 내리는 날, 자신의 옷이 젖는 것도 아랑곳하지 않고 폐지 줍는 할머니를 보고 그냥 지나치지 못하는 아름다운 마음, 그 마음을 한껏 칭찬해 주며 함박 웃어 주었다.

21화

나만의 스토리를 만들자

풋고추 단상

쉽게 뱉을 수 없다

모처럼 제 구실 하는 놈
단단히 만난 인연

화끈화끈
땀 뻘뻘

입 다물고
꼭꼭

난 누구에게
이처럼

구실 한번
제대로 한 적 있었던가

차마
쉽게 뱉을 수 없다

"시는 좋은데 혹시 이런 거 표절 아닌가요?"

"어떻게 그런 생각을 했죠?"

"'연탄재 함부로 발로 차지 마라. 너는 누구에게 한번이라도 뜨거운 가슴이었냐?'라는 안도현 시인의 시와 비슷한 풍이잖아요?"

"그런가요? 하긴 저도 그게 좀 걸렸는데, 정말 정확하게 짚어 주셨네요."

"그냥 첫 느낌이 그렇다는 거니까 괜히 기분 나쁘게 듣지 말아 주세요. 저도 표절이 뭔지는 잘 몰라요."

괜히 얼굴이 뜨거워졌다. 갑자기 커피숍의 불빛이 내게만 쏟아져 내리는 것 같았다. 내 나름대로는 며칠을 고민해서 쓴 시인데 표절일 수 있다는 말을 들으니 기분이 묘했다. 그 기분이 그대로 표정으로 드러났나 보다. 괜히 조심스럽게 평을 해준 지인이 '미안하다'며 상황을 수습하려는 바람에 더 이상한 분위기가 연출되었다.

"아녜요. 괜히 그러실 필요 없어요. 저도 이 시 써놓고 괜히 찔리는 게 있었거든요."

조언을 잘못 받아들이면 지인이 불쾌해 할까 봐 얼른 수습하려고 애썼지만, 헤어진 다음에도 오랫동안 씁쓸한 것은 어쩔 수 없었다. 아마 지인도 내가 이런 마음을 갖게 될까 봐 괜히 신경이 쓰여서 계속 "미안 하다"고 했을 것이다.

어쨌든 그렇게 헤어지고 나서 나는 제일 먼저 핸드폰으로 '표절'을 검 색해 보았다.

표절(剽竊) : 시나 글, 음악 따위를 지을 때, 남의 작품의 일부 를 자기 것인 양 몰래 따서 씀.

– 포털다음 '국어사전'에서

표절이란 다른 사람이 쓴 문학작품이나 학술논문, 또는 기타 각 종 글의 일부 또는 전부를 직접 베끼거나 아니면 관념을 모방하 면서, 마치 자신의 독창적인 산물인 것처럼 공표하는 행위를 가 리킨다.

– 포털다음, '백과사전'에서

국어사전의 의미로 본다면 걸릴 것이 없었다. 하지만 백과사전의 의미 로 본다면 표절이라고 해도 할 말이 없겠다는 생각이 들었다. 글의 '일부 또는 전부를 직접 베끼지는' 않았지만, '관념을 모방하면서, 마치 자신의 독창적인 산물인 것처럼'에는 뭔가 찔리는 것이 있었기 때문이다.

"너는 누구에게 한번이라도 뜨거운 가슴이었느냐?"
"난 누구에게 이처럼 구실 한번 제대로 한 적 있었던가?"

아마도 지인은 두 구절에서 뭔가 비슷한 것을 직감으로 느끼고 조언했을 것이다. 그리고 보니 '풋고추 단상'을 완전히 나만의 순수 창작품으로 보기에는 좀 문제가 있겠다는 생각도 들었다. 그러자 괜히 지인이 고마워졌다. 덕분에 앞으로는 표절 소리를 듣지 않기 위해 어떻게 해야할지 생각할 기회를 줬기 때문이다.

"이거 어디서 본 것 같은 시네요."

자신은 나름대로 고민해서 시를 썼는데 누군가 이런 평을 한다면 좋아할 사람은 아무도 없다. 아울러 우리 주변에는 지인이 시를 썼다고 했을 때 실제로 이렇게 말해주는 사람도 거의 없다. 이렇게 말하는 것이 글을 쓴 이에게 얼마나 미움을 받을 소리인 줄 잘 알고 있기 때문이다.

따라서 주변에서 이렇게 직설적으로 문제점을 말해주는 사람을 만나는 것은 정말 큰 행운이다. 아주 친하거나, 일부러 찾아 나선 문학교실에서 충분히 공감대를 형성한 강사가 아니라면 이렇게 말해주는 사람을 만나기란 정말 어렵기 때문이다.

"사람의 감정은 거의 비슷하잖아요. 그래서 꽃을 보면 비슷한 감정을 느끼는 것은 당연하니까 비슷한 글을 쓸 수 있는 것 아닌가요? 난 정말 모르고 썼는데 표절이라고 하면 그건 너무 억울한 거 아닌가요?"

간혹 이렇게 묻는 이들이 있다. 물론 모르고 썼다는 말로 동정을 얻을 수는 있다. 하지만 아무리 모르고 썼더라도 표절의 시비로부터는 자유로울 수 없다. 게다가 모르고 썼다는 말은 자칫 내가 그동안 다른 사람의 작품을 많이 읽어보지 않았다는 것을 드러내는 무식한 표현으로 들릴 수 있다는 것을 알아야 한다.

"모르고 썼다고요? 그래도 표절은 표절입니다."

적어도 내 이름을 걸고 발표할 시라면 반드시 가슴에 새겨야 할 말이다. 다행히 요즘은 인터넷이 있어 정말 좋다. 일단 시를 썼으면 인터넷으로 검색해서 남들이 먼저 쓴 구절과 비슷한 것을 찾아내야 한다. 아무리 좋은 구절이라도 인터넷 검색으로 비슷한 구절이 검색되었다면 과감히 버리고 다른 표현을 찾아야 한다. 그래야 표절의 논란으로부터 벗어날 수 있고, 자신만의 독창적인 작품세계를 펼쳐 나갈 수 있다.

"지금 내가 하고 있는 일을 쓰자."
"나만이 쓸 수 있는 이야기를 써서 괜한 표절 논란으로부터 벗어나자."

내가 '풋고추 단상' 처럼 자칫 표절 논란에 걸릴 수 있는 작품을 쓰지 않기 위해 항상 새기는 말이다.

나다움

뚜벅뚜벅
뚜뚜벅

가끔 가끔은
최선인가
과연 최선인가

끄덕끄덕
끄끄덕

세상은 누가 대신 살아 줄 수 없다. 마찬가지로 내 이야기는 그 누구도 사실적으로 쓸 수 없다. 오직 나만이 나의 이야기를 쓸 수 있다. 그리고 그것이 곧 어디서 본 것과 같은 글이라는 말을 듣는, 표절 논란에서 벗어난 나만의 독창적인 작품세계를 펼칠 수 있는 길이다.

'소통과 힐링의 시창작교실'에서 정말 존경하는 어르신을 만난 건 정말 행운이다. 어르신은 안동에서 사시다 홀로 되시고 따님 집이 있는 이천으로 오신 지 얼마 안 된다고 하셨다. 73세라는 연세가 믿어지지 않을 정도로 정정하셨다.

"저는 시를 배워본 적이 없는데 함께 할 수 있을까요?"

처음에 이렇게 말씀하시고 시작했지만, 매주 두 편 이상 써오시는 시를 보면 보통 내공이 아니었다. 그래서 나는 무례를 무릅쓰고 "정말 시를 배워 본 적이 없으신가요?"라고 몇 번을 여쭤 봐야 했다.

정류장

권경자 (이천시)

발걸음 머무른 간이 정류장
찬바람에 손 비비며
눈길은

머—언
한 길에
멈추었고

서성서성 왔다 갔다
몇 미터나 걸었을까
애타게 기다리는데

어르신은 처음부터 초보라고 믿을 수 없을 정도의 시를 써오셨다. 그런데 어느 정도 시간이 흐르자 확실히 초보임이 드러나기 시작했다. 소녀다운 감성으로 한 폭의 수채화 같은 시를 써오셨는데, 그때마다 매번 눈에 띄는 문제점이 보이기 시작한 것이다. 예를 든다면 이런 식이다.

"고사리 같은 손."
"흐르는 물처럼 흘러가는 세월."
"고달픈 삶이라도 마음 그릇에 행복 담아 마냥 베풀며 살고 싶어라."

어르신이다 보니 우리들 귀에 너무 익은 상투적인 표현을 많이 쓰시고 계셨다. 나는 수업시간에 졸시 '풋고추 단상' 때문에 생겼던 표절 논란 이야기를 들려 드리면서 이왕이면 남이 쓰지 않은 표현을 찾는 것이 중요하다고 수없이 강조했다.

"사실 우리 귀에 너무 익숙한 상투적인 표현도 엄밀한 의미에서는 표절이라고 할 수 있습니다. 저작권이 없는 말이기에 시비 걸 사람도 없지만, 그만큼 식상해서 좋은 시라고 할 수도 없습니다."

"누구도 쓸 수 없는 나만의 이야기를 쓰셨으면 합니다. 그래야 상투적이고 식상한 표현에서 벗어날 수 있고, 세상에 그 누구도 쓸 수 없는 나만의 독창적인 시를 쓸 수 있습니다."

그렇게 3개월 정도가 흐르자 어르신의 시는 완전히 달라져 있었다. 세상에 그 누구도 쓸 수 없는 어르신만의 스토리가 담긴 시를 쓰시기 시작했다.

도자관에서

권경자

변한다
그대로이면
흙일 뿐인데

다루는 사람에 따라
청자도 되고
백자도 되고
밥그릇도
옹기도 되고

빛이 있고 색이 있고
오묘한 모습들이
속살거린다
마치
우리 아이들처럼

어느 날 어르신이 써오신 시를 보고, 나는 그때서야 어르신이 지역에
서 어르신들의 풍부한 경험을 활용하기 위해 만든 어린이 교육프로그램

'숲해설사'로 한 해 동안 활동하셨다는 것을 알았다. 천성이 곱고 조곤조곤 말씀하시는 어르신의 성품으로 보아 아이들에게 인기 있는 숲해설사였을 거라는 생각이 들었다. 그래서 시창작 시간에 욕심을 부려 어르신께 조심스럽게 말씀드려 보았다.

"어르신, 숲해설사로 활동하실 때 정말 행복하셨죠?"

"예, 이 나이에 나도 뭔가 할 수 있다는 것이 좋았고, 천사 같은 아이들과 함께 하는 시간이 정말 좋았죠."

"어르신, 그러면 숲해설사 하시며 겪었던 이야기를 시로 써보시면 어떨까요? 그거야말로 세상에 어르신만이 쓸 수 있는 어르신만의 이야기가 아닐까요?"

그때 어르신은 분명히 해맑은 미소를 지으셨다. 아이들과 함께 했던 시간을 생각하니 저절로 행복한 미소가 떠오른 것이다. 그 모습은 정말 아름다웠다. 게다가 그런 어르신의 표정을 보니 어르신이 정말 아이들을 사랑했다는 것을 알 수 있었고, 그만큼 아이들도 어르신을 좋아했을 것이라는 생각이 저절로 들었다.

무궁화동산

권경자(이천시)

갯버들 볼록볼록

냇가를 돌아
굽어진 산길을
아이들과 손잡고

이건 국수 같아 국수나무
생강 냄새 생강나무
늘 푸른 침엽수
냉장고 없던 시절 넓은 잎에 싸두면
음식이 쉬지 않아 떡갈나무

나무 밑둥에 큰 구멍 났네
여기는 누가 살까?
작은 벌레들이 살고 있구나
신기한 듯 막대기로 쑤셔보는 아이들

마른 나무 가지 모아
사진틀 만들어
두세 명씩 찰칵찰칵
진달래꽃 앞에서 또 찰칵
어머, 너희들 넘 예뻐!

두 번째 작품을 보고 나는 그만 "아!"하는 감탄사를 터트렸다. 어르신
께서 숲해설사로서 아이들과 어떻게 함께 했는지 그 모습이 구체적으로
그려지기 시작했다.

"이 시의 제목을 〈숲해설사로 만난 아이들〉로 정하고, 각각의 작품에 번호를 매기며 부제를 정했으면 좋겠어요. 그러니까 앞으로 숲해설사로 활동했던 이야기들을 하나하나 구체적으로 다 써 보셨으면 하는데 괜찮을까요?"

어르신은 아들뻘 되는 강사의 말을 정말 진지하게 받아 들여 주셨다. 그리고는 일주일에 한번 수업에 매번 두 편 이상씩을 써오셨다.

숲해설사로 만난 아이들3
－개울물

권경자 (이천시)

조그만 개울물에
개구리 알 뭉실뭉실
옹기종기 아이들

이것 모두 몇 마리예요?
올챙이가 언제 되나요?
저건 왜 다른데요?
참 궁금한 것도 많다

음, 그건 도롱뇽 알이란다
왜 물 속에 있어요?

그들은 원래 물 속에 사는 거야
그래서 알도 물 속에 있단다

조잘조잘 아이들과 며칠 후
다시 찾은 개울가
올챙이와 물을 병에 담는다

신기하여 서로 들고 놓지 않는다
애들아 빨리빨리 보고
물 속에 다시 넣어 넣어주는 거야
즐거워하는 아이들 보며나
도 같이 즐겁다

　　나는 어르신의 시를 볼 때마다 감탄사를 터트리곤 했다. 어르신은 작품 속에서 정말 어린이를 좋아하고, 어린이와 함께 하는 시간을 즐기는 모습이 보였다. 어르신은 아이들에게 정말로 훌륭한 숲해설사이자 선생님이었을 거라는 생각이 절로 들었다. 시를 볼 때마다 '어떤 아이가 이런 숲해설사를 좋아하지 않을 수 있으랴?'며 감탄사를 터트렸다.

　　어르신의 시에는 단순히 숲해설사의 감상이 드러난 것이 아니라, 한 편의 서사시처럼 아이들에게 '숲해설사'로서 어떻게 말해줘야 하는지 구체적인 모습을 생생하게 보여주고 있었다. 그야말로 어르신의 시를 그대로 숲해설사 '강사 과정'의 교재로 활용해도 손색이 없겠다는 생각이 들었다.

숲해설사로 만난 아이들6.
- 나비 동산으로

어머 이렇게 곱고 예쁜데
왜 꽃범의 꼬리일까

수수꽃다리 산수국
애기똥풀 패랭이
왕비의 비녀 닮은 옥잠화
셀 수 없이 많다

싹이 나고 잎 나고 꽃 피기까지
이야기하며 서로 배워간다

밝고 더 예쁘게
우리 아이들
꽃처럼

숲해설사로 만난 아이들8.
- 삼복더위

아이들 손잡고
참나무 그늘 속으로

앞에 참 자가 붙은 식물은

먹을 수 있기 때문이란다
참꽃 참나무 참나물 참비름

매미들 노래하고
산까치 깍깍
갖가지 산새들
소리도 흉내내본다

나비 잠자리
예쁜 모양 미운 모양
비지땀 훔치며
노래하고 게임하고

아이들 웃음소리
이 하루도 삼복더위 날린다

숲해설사로 만난 아이들9.
- 소나무

이들은 침엽수이며
줄기가 곧고 굵으며
높이 자라는 교목이다

소나무는 암수꽃이
한 그루에서 피지만

한 나무에서는 수정이 없단다
멀리 날아가는 꽃가루

솔방울은
작은 열매가 삼 년을 맺어
씨앗을 떨군다

솔방울 놀이를 해보자
꽃 짐승 다람쥐
무엇이든 만들 수 있다
작은 손들이 아기자기 예쁘게

　우리는 이렇게 함께 하며 '시에는 사악함이 들어설 틈이 없다'는 공자
님의 말씀을 확인하고, '시는 곧 그 사람이다'는 시론의 기본 원칙을 확
인하며 시창작의 즐거움을 누리고 있다.

22화

제목과 본문의 조화로 감탄사를 유발하라

1.
못 보니까
사는 대로 짓는다

한 번이라도
본다면

함부로
짓지 못하리라

살 만하니까
짓는 대로
산다

2.
웃어 주니
좋다

입가에
눈매에
양볼 가득

사람 좋은
모습으로

기쁨 채워주는
그대가
정말 좋다

나는 첫 강의를 할 때 항상 이 시를 먼저 낭송한 다음에 제일 먼저 제목을 맞추는 이에게 꼭 선물을 드린다. 독자님들도 한번 생각해 보자. 이 시의 제목은 무엇일까?

"미소요."

"얼굴이요."

"행복이요."

가장 많이 나오는 대답이다. 물론 이렇게 제목을 정했어도 좋았을 것이라 생각한다. 하지만 나는 이 시의 메시지를 분명히 하기 위해 다른 제목을 썼다. 공부의 목적은 이론을 아는 것이 아니라 실천에 있다는 것을 누구보다도 먼저 나 자신에게 수시로 각인시키고 싶었다. 지금은 '웃으면 살자'는 가훈을 실천하기 위해 액자로 만들어 벽에 걸어 놓고 수시로 되뇌고 있다.

이 시의 제목은 무엇일까?

힌트는 다음과 같다. 누구나 다 내 것인 줄 알지만 정작 본인은 실물 그대로 본 적이 거의 없는 것이다. 일부는 거울을 통해 본다고 하지만, 그것은 어디나 반대의 모습일 뿐이다. 왼쪽 눈이 찌푸려진 사람은 자신이 오른쪽 눈이 찌푸려져 있다고 착각할 수도 있다. 어떤 사람은 자신의 것인데도 평생 이것을 제대로 봐주지 못하는 경우도 많다. 성능 좋은 카메라로 담으면 가장 근사치에 가까운 모습이지만, 그 모습을 봐주지 못해 사진 찍는 것을 싫어하는 이들도 많다. 정작 자신도 봐주지 못하는 자신의 것, 남들 앞에 자기 맘대로 내미는 그것, 바로 그것은 무엇일까?

그것은 바로 이 시의 제목인 '표정'이다.

모든 글이 다 그렇지만 시에서 '제목'은 더욱 중요하다. **제목 하나로 시가 사는 경우가 있고, 제목 하나 때문에 시가 식상한 것으로 전락하는 경우도 많다.**

따라서 "아!" 하는 감탄사가 나오게 만드는 시를 쓰려면 시에서 제목이 차지하는 비중과 중요성을 인식하고, 제목을 지을 때 최대한 창의력을 발휘해야 한다.

초등학생 4~6학년을 상대로 한 반에서 강의할 때였다. 어른들도 수업 시간에 시쓰는 것을 힘들어 한다. 그러니 아이들은 오죽하겠는가? 따라서 아이들에게는 시를 잘 쓰는 법을 가르치기보다 시창작에 재미를 붙이게 만드는 것이 더 중요하다. 수업 시간에 아이들의 의견을 최대한 존중해 주는 것이 가장 좋은 방법이다.

어느 날 5학년 학생이 수업을 시작하기 전에 장난기 어린 표정으로 번쩍 손을 들고 말했다.

"선생님, 오늘은 '웃음'을 주제로 하면 어떨까요?"

"왜, 그렇게 생각했는데?"

"그냥, 웃음으로 하면 좋을 것 같아서요."

"그래? 좋아. 그러면 오늘 주제는 웃음으로 하자."

그런데 얼마 안 있어 문제가 생겼다. 내 말이 끝나기 무섭게 '웃음'을 주제로 하자던 학생이 장난처럼 뭔가를 막 써놓고 요란스레 떠들기 시작한 것이다.

"에이, 못됐다. 자기가 '웃음'으로 하자고 해 놓고 떠들면 되나? 떠들 때 떠들더라도 시는 써 놓고 떠들어야지."

"선생님, 저, 시 다 썼어요."

아이는 금방 뭔가를 막 쓴 원고를 들어 보이며 천연덕스럽게 웃고 있었다. 옆의 친구는 이제 선생님인 내가 화를 낼 것이라 생각하고 눈치만 살피고 있었다. 친구가 쓴 글이 성의 없이 휘갈겨 쓴 글이라는 것을 알고 있기 때문이다.

우헤헤헤헤헤헤 우헤헤
우헤헤헤헤헤헤헤헤
우헤헤헤헤
우헤헤

나는 잠시 아이의 글을 보고는 진지한 표정으로 칭찬을 해줬다.

"와우, 대단하다. 이거 제목만 잘 붙이면 '웃음'이라는 주제를 아주 잘 살린 좋은 시가 되겠는데."

당연히 선생님이 혼을 낼 것이라 생각하고, 그러면 어떻게 말대꾸를 할까 머리를 굴리던 아이가 당황한 표정을 지었다. 나는 더욱 진지한 표정으로 얼른 핸드폰을 꺼내 '한하운 개구리'를 검색해 칠판에 써서 보여주며 물었다.

개구리

한하운

가갸 거겨
고교 구규
그기 가.

라랴 러려
로료 루류
르리 라.

"난 이 시가 참 좋은데, 너희들은 어떻게 생각해?"

평소에 맨 앞자리에서 진지하게 수업에 임하는 학생이 신기하다는 표정으로 대답했다.

"선생님, 그거 개구리 울음 소리 흉내 낸 거죠?"

"그렇지. 얼핏 보면 말장난 같지만 '개구리'라는 제목으로, 한글을 개구리 울음소리로 표현해서 아주 멋진 시를 만든 거지."

"와아, 신기하네요."

"그렇지? 그렇다면 지금 친구가 쓴 시도 제목만 잘 쓰면 이처럼 좋은 시가 되지 않을까? 한번 생각해 보자. 무슨 제목이 좋을까? 어떻게 하면 개구리처럼 '아!' 하는 감탄사가 나오게 만들 수 있을까?"

나는 재차 '개구리'라는 시 옆에 아이가 낙서처럼 쓴 글을 옮겨 놓으며 물었다. 막 떠들던 아이들이 집중하기 시작했다.

"자, 오늘 주제가 뭐였지?"
"웃음이요."
"그러면 일단 제목을 '웃음'이라고 지어보면 어떨까?"

웃음

우헤헤헤헤헤헤 우헤헤
우헤헤헤헤헤헤헤헤
우헤헤헤헤헤
우헤헤

"자, 어때? 뭔가 좀 있어 보이지 않아?"
"와, 좋아요."
"좋지? 그런데 그냥 '웃음'이라고 하면, '개구리'를 '개굴개굴'이라고 하는 것처럼 특색이 없어지잖아. 그러니까 이럴 때는 얼른 제목을 좀더 근사한 것으로 바꿔보면 어떨까?"

"……?"

장난으로 시작했던 학생도 진지하게 생각하는 모습이 보였다. 나는 얼른 그 학생에게 물어보았다.

"혹시 '웃으면 복이 와요' 라는 말 들어봤어? 선생님이 어렸을 때 인기 있었던 텔레비전 프로그램의 제목이었는데."

"예, 그건 저도 알아요."

"그래? 그럼, 이 시의 제목을 '웃으면 복이 와요' 라고 해보면 어떨까?"

웃으면 복이 와요

우헤헤헤헤헤헤 우헤헤
우헤헤헤헤헤헤헤헤
우헤헤헤헤헤
우헤헤

나는 얼른 '웃음' 이라는 제목 대신 '웃으면 복이 와요' 를 써놓고 물어보았다.

"어때?"

"와!"

"그렇지? '아!' 라는 소리가 절로 나오지? 정말 좋은 시처럼 느껴지지?"

그러자 장난으로 시작했던 아이가 갑작스런 칭찬에 놀란 듯이 입을 함지박처럼 벌려 웃고 있었다.

"너는 지금처럼 웃는 모습이 참 보기 좋아. 그러니까 이걸 네가 쓴 시라고 하면 사람들이 더 멋지게 볼 거야. 사람들이 시를 볼 때는 그냥 내용만 보는 것이 아니라 누가 썼는지도 함께 보거든. 시는 이렇게 써놓고, 네가 웃지도 못하고 인상만 쓴다면 사람들이 어떻게 생각할까?"

아이는 내 말뜻을 알아 듣고 더욱 환하게 웃어 주었다. 우리는 그렇게 한 편의 시로 소통하며 의미 있는 시간을 가졌다. 그 후로 장난으로 시작했던 아이들이 시창작에 재미를 붙여 주며 수업은 활기를 띄기 시작했다.

나는 그 후로 어른들을 상대로 하는 시창작교실에서 제목의 중요성을 이야기하기 위해 한하운의 '개구리'와 이 학생의 '웃으면 복이 와요' 라는 시를 예로 들곤 했다.

이 두 작품은 개그맨들이 유머를 할 때 웃음을 터트리게 하는 대표적인 유머기법을 그대로 보여준다. 개그맨들이 청중을 웃기기 위해 쓰는 기법에는 크게 두 가지가 있다.

첫째는 남들이 다 생각하는 일반적인 상식을 깨뜨리는 어리석은 행동을 하는 것이고, 둘째는 잘난 척하는 것은 나쁘다는 일반적인 상식을 깨트리기 위해 아주 뻔뻔스럽게 잘난 척하는 것이다.

못난 사람이 잘난 척하거나, 잘난 사람이 못난 짓을 하는 것이 첫 번째 방식이고, 못난 사람이 정말 못난 짓을 하거나, 잘난 사람이 뻔뻔스럽게 잘난 척하는 것이 두 번째 방식이다. 두 가지 방식 모두 상식을 깨트리는 반전을 활용한 것이다.

시창작에서도 이처럼 일반적인 상식에 반전을 꾀하는 기법을 활용하는 것이 좋다. 예를 들면 이런 식이다.

첫째는 '개구리' 처럼 일반명사로 시작하는 제목을 붙이고, 본문에서 일반인들이 생각하는 것과 다른 참신한 내용을 담음으로써 반전을 꾀하는 것이다. '개구리' 라고 하면 당연히 '개굴개굴' 울음소리를 떠올리는데, 여기게 창의력을 발휘해서 '가가거겨' 식으로 반전을 꾀하는 방식이다.

둘째는 '웃으면 복이 와요' 처럼 분명한 메시지를 담은 제목을 붙이고, 본문에서는 남들이 생각하는 당연한 이야기를 담음으로써 반전을 꾀하는 것이다. '웃으면 복이 와요' 라고 하면 뭔가 교훈적인 이야기가 있을 것처럼 생각하는데, 본문에서 단순히 '우헤헤헤' 라는 뻔한 웃음소리만 나열함으로써 반전을 꾀하는 방식이다.

이것은 매우 중요한 기법이다. 이 방법만 잘 활용하면 시 한 편을 쓰면서 많은 기쁨을 누릴 수 있다. 실제로 아래는 '독서논술지도사모임'이라는 다음카페의 이순주 회원님이 '창작시'란에 올린 작품이다. 먼저 이 시의 제목이 무엇인지 상상해 보며 읽어보자.

용암을
삼킨 게야
타오르는 저 불길

지뢰를
숨긴 게야
불쑥 터지는 저 굉음

이렇게
밀당이 안 되는
연애는

이렇게
미워지지 않는
이성은

저 덩치에
아기 같은
저 미소 좀 봐봐

이 시에는 자식들 때문에 힘들어 하는 어머니의 마음이 잘 담겨 있다. 제목을 생각해 보는 것만으로도 시창작교실의 묘미를 느낄 수 있다.

한번 생각해 보자. 이 시의 제목은 무엇일까?

바로 '사춘기 아들'이다.

제목을 알고 나니 어떤 느낌이 드는가? 그러면 이제 제목을 먼저 보고 다시 한번 시를 보자. 어떤 느낌으로 다가오는가? 제목을 모르고 읽었을 때와는 분명히 그 느낌이 다를 것이다. 이것이 바로 '개구리'처럼 제목을 일반명사로 정하고, 본문에서 창의력을 발휘해서 '아!' 하고 감탄사를 틔어나게 만드는 기법을 사용한 것이다.

알록달록 방울방울
꽃이 피었네

노랑나비 흰나비
잠자리도

꽃에 앉아서
놀고 있네

이 시는 또 어떠한가? 춘천시에 사시는 김옥희 님의 작품이다. 그냥 본문만 보면 어디선가 많이 본 내용으로 이뤄졌다. 자칫하면 표절이 될 수 있고, 인터넷에서 검색만 하면 금방 접할 수 있는 수많은 시 중에 하나인 식상한 작품일 수 있다. 그런데 이 시는 초등학생 딸을 둔 어머니가 쓴 작품이다.

이 시의 제목은 무엇일까?

바로 '딸의 머리핀을 꽂으며' 다.

이제 제목을 떠올리며 다시 한번 시를 읽어 보자. '웃으면 복이 와요' 처럼 분명한 메시지를 제목으로 정하고, 본문에서 너무나 익숙한 표현을 담음으로써 반전의 효과를 주는 작품이다. 주제가 더욱 강렬하게 다가오는 작품이다.

날마다 보는
거울

금갈새라
깨질새라

삐쭉삐쭉
호호 하하
따라쟁이
거울
– 춘천시 전미향 님의 '아들' 전문

시란 이런 것이다. 짧은 말로 강렬한 메시지를 전하는 효과가 있다. 이 시를 본 아들의 마음이 어땠을까? 아들을 애지중지 대하는 어머니의

마음이 그대로 담겨 있다. 어머니는 이렇게 한 편의 시를 통해 아이와
소통하고 있었다.

1.
배 부른 마음
한둘셋

톡톡톡
단장하고

그를 향해 건너가네

설레는 아침
부푼 미소

2.
분홍빛
온통

햇살이 쏟아지네
내 가슴 가득

그대의 얼굴

내 안에
나를 일으키네

위의 시는 〈책쓰는 엄마〉의 수강생인 워킹맘 차임순 님의 작품이다. 이 분은 시를 쓰기 전에 먼저 '소통의 시'에 대해 충분히 이해하고, 직장에서 최고의 뷰티 컨설턴트가 되고자 하는 목적을 이루기 위해 이 시를 썼다.

이 시의 제목이 무엇일까?

힌트는 직장에서 최고가 되겠다는 목적을 가진 이가 아침마다 화장할 때 부푼 미소를 짓게 하고, 가슴 가득 햇살을 채우게 하는 대상을 생각하며 쓴 시다.

바로 '고객'이다.

직장상사나 고객이 이 시를 본다면 이 분에 대해서 어떻게 생각할까? 나는 이 시를 '팔로워십'을 강의할 때 많이 인용하고 있다. 이보다 고객의 마음을 기쁘게 하는 시도 찾기 힘들 것이라 생각하기 때문이다.

시의 대중화에 밑거름이 되길 바라며

새싹처럼

보는 것도 설레는데
얼마나 좋은가
함께 하니

요기 또
조기
환한 얼굴

걸음걸음
펼치는 희망의
향연

응달도 잔설도
포근히 감싸는
새싹처럼

보는 것도

설레는데
얼마나 좋은가

현재 우리나라에 등록된 각종 문학단체를 통해 등단한 시인은 2만 명이 넘는다고 한다. 소수 엘리트 그룹이 문단을 이끌던 몇 십 년 전을 생각한다면 정말 비약적인 발전이다. 문학적 감성을 갖추고 우리말만 어느 정도 다룰 줄 안다면 누구나 시인을 꿈꿀 수 있는 대중화의 시대를 열어젖힌 것이다. 정말 고무적인 일이다.

하지만 많은 이들이 시의 위기를 말한다. 그 이유는 무엇일까? 나는 오랫동안 시창작교실을 운영하면서 시가 어렵다며 쉽게 접근하지 못하는 이들도 많지만, 반대로 시를 너무 쉽게 생각해서 시의 기초도 다져지지 않은 작품을 발표하면서 자신만의 아집에 갇혀 있는 이들도 많다는 것을 알았다. 2만 명이 넘는 시인의 시대에 시의 위기를 논하는 이들이 목소리가 커지는 이유가 어디에 있는지 어렴풋이 알 수 있는 경험이었다.

시의 대중화를 위해 야심차게 펼친 서울지하철 스크린도어의 벽보시에 대한 논쟁만 해도 그렇다. 시의 대중화를 위한 긍정적인 면에도 불구하고 시의 수준이 자격 미달이라며 시비를 거는 이들의 목소리가 힘을 내고 있다. 심지어 시가 너무 많아서 신비감이 떨어지니까 점차적으로 시를 줄여나가야 한다고 주장하는 이들도 있을 정도다. 행과 연만 가르면 시가 되는 줄 알고 직설적인 언어를 쏟아낸 작품들을 볼 때는 일면

수긍할 수밖에 없는 현실이 안타깝기만 하다.

이렇게 말하고 보니 혼자 잘난 척하는 것 같아 정말 부끄럽다. 그래도 부끄러움을 무릅쓰고 이런 말을 하는 것은 시가 조금이라도 더 친숙하게 대중에게 다가갈 수 있기를 바라는 마음 때문이다.

첫시집을 냈을 때 내가 내세우고 싶어하는 마음보다 관심을 가져주는 이가 생각보다 많지 않다는 것을 알고 자신있게 내밀지 못했다. 그만큼 속내를 드러낸 작품을 세상에 내놓는다는 것은 정말 큰 용기를 필요로 했다. 그랬더니 다행히 그 시집을 통해 가족과 소통의 폭이 넓어졌다. 그리고 그 경험을 바탕으로 더 큰 용기를 얻어 평생학습 현장에서 시창작교실을 통해 여러분들과 함께 할 수 있어서 정말 행복한 시간을 보냈다.

이 책의 주인공은 시인을 꿈꾸는 여러분 자신일 수 있고, 여러분의 자녀, 동료, 남편, 아내, 어머니, 아버지, 할머니, 할아버지일 수도 있다. 그동안 함께 해주신 모든 분들에게 감사드린다.

모쪼록 이 책이 초보자들에게는 조금이라도 쉽게 예술적 완성미를 갖춘 시를 창작하는데 길잡이가 되고, "연과 행만 가른다고 다 시가 되는 줄 아느냐?"며 시인 2만 명 시대에 오히려 시의 위기를 걱정하는 이들에게는 시의 대중화를 위한 실질적인 대책을 세우는 방법을 찾아가는데 밑거름이 되었으면 하는 욕심을 담아본다.

초보 중에 왕초보를 위한
소통과 힐링의 시창작교실

초판 인쇄 | 2016년 10월 25일
초판 발행 | 2016년 10월 28일

지은이 | 이인환
펴낸곳 | 출판이안

펴낸이 | 이인환
등 록 | 2010년 제2010-4호
편 집 | 이도경, 김민주
주 소 | 경기도 이천시 호법면 단천리 4146
전 화 | 031)636-7464, 010-2538-8468
팩 스 | 070-8283-7467
인 쇄 | 세종피앤피
이메일 | yakyeo@hanmail.net

이 도서의 국립중앙도서관 출판시도서목록(CIP)은 서지
정보유통지원시스템 홈페이지(http://seoji.nl.go.kr)와 국
가자료공동목록시스템(http://www.nl.go.kr/kolisnet)에서
이용하실 수 있습니다.(CIP제어번호 : CIP2016023445)

ISBN : 979-11-85772-33-2(03800)

값 14,000원